나는 율곡이다

1판 1쇄 인쇄 | 2024년 02월 01일
1판 1쇄 발행 | 2024년 02월 06일

지 은 이 | 박상하
펴 낸 이 | 천봉재
펴 낸 곳 | 일송북

주   소 | 서울시 성북구 성북로 4길 27-19(2층)
전   화 | 02-2299-1290~1
팩   스 | 02-2299-1292
이 메 일 | minato3@hanmail.net
홈페이지 | www.ilsongbook.com
등   록 | 1998.8.13(제 303-3030000251002006000049호)

근세

보수의 대지 위에 뿌린 올곧은 진보의 씨앗

나는 율곡이다

박상하 지음

일송북

바꾸자는 개혁의 길
너의 생각이 나 율곡이다

"나라는 겨우 보존되고 있었으나, 슬픈 가
난으로 시달리는 백성들은 온통 병이 깊어
숨이 넘어갈 지경이었다. 백척간두에 선 채
바람에 이리저리 위태롭게 흔들리고 있었
다. 내가 개혁을 외치고 나선 이유다."

-율곡이 독자에게-

한국을 만든 인물 500인을 선정하면서

일송북은 한국을 만든 인물 5백 명에 관한 책들(5백 권)의 출간을 기획하여 차례대로 펴내고 있습니다. 이는 긍정적이든 부정적이든 우리 역사에 뚜렷한 족적을 남긴 인물들의 시대와 사회를 살아가는 삶을 들여다보고 반성하며, 지금 우리 시대와 각자의 삶을 더욱 바람직하게 이끌기 위해서입니다. 아울러 한국인의 정체성은 무엇인가를 폭넓고 심도 있게 탐구하는, 출판 사상 최고·최대의 한국 인물 총서가 될 것입니다.

시리즈의 제목은 「나는 누구다」로 통일했습니다. '누

구'에는 한 인물의 이름이 들어갑니다. 한 인물의 삶과 시대의 정수를 독자 여러분께 인상적·효율적으로 전할 것입니다. 무엇보다 지금 왜 이 인물을 읽어야 하는가에 충분히 답해 나갈 것입니다.

이번 한국 인물 500인 선정을 위해 일송북에서는 역사, 사회, 문화, 정치, 경제, 국방, 언론, 출판 등 각 분야의 전문가들로 선정위원회를 구성했습니다. 선정위원회에서는 단군시대 너머의 신화와 전설쯤으로 전해오는 아득한 상고대부터 아직도 우리 기억에 생생한 20세기 최근세까지의 인물들과 그 시대들에 정통한 필자를 선정하고 있습니다.

우리는 지금 최첨단 문명시대를 살고 있습니다. 인터넷으로 실시간 글로벌시대를 살고 있으며 인공지능 AI의 급속한 발달로 인간의 정체성마저 흔들리고 있음을 절감하고 있습니다.

이러한 때일수록 인간의, 한국인의 정체성이 더욱 절실히 요구되고 있습니다. 그 정체성은 개인이나 나라의 편협한 개인주의나 국수주의는 물론 아닐 것입니다. 보수와 진보 성향을 아우르는 한국 인물 500은 해당 인물의 육성으로 인간 개인의 생생한 정체성은 물론 세계와 첨단 문명시대에서도 끈질기게 이끌어나갈 반만년 한국인의 정체성, 그 본질과 뚝심을 들려줄 것입니다.

한국 인물 500 선정위원회 (가나다 순)

위원장: 양성우(시인, 前 한국간행물윤리위원회 위원장)

위원: 권태현(소설가, 출판평론가), **김종근**(미술평론가), **김준혁**(역사, 한신대 교수), **김태성**(前 11기계화사단장), **박상하**(소설가), **박병규**(前 중앙일보 경제부), **배재국**(시인, 해양대 교수), **심상균**(KB국민은행 노조위원장), **윤명철**(역사, 前동국대 교수), **오세훈**(언론인, 前 기아자동차 홍보실장), **이경식**(작가, 번역가), **오영숙**(前 세종대학교 총장), **이경철**(문학평론가, 前 중앙일보 문화부장), **이동순**(시인, 영남대 명예교수), **이덕일**(순천향대학교, 역사), **이순원**(소설가), **이종걸**(이회영기념사업회장), **이중기**(농민시인), **장동훈**(前 KTV 사장, SBS 북경 특파원), **하만택**(성악가)

차 례

들어가는 글

우리의 역사 근육, '율곡'을 찾아서

왜 율곡인가? 지금에 와서 율곡을 다시 돌아봐야 한단 말인가?

그건 부인할 수 없는 영향 때문이다. 우리 역사의 초상이기 때문이다.

그는 우리에게 단순히 뇌에 의해 기억되거나 상실되는 그런 대상이 아니다. 우리의 의식 속에 이미 깊숙이 육화되어 오래도록 유전되어 내려온 우리의 속살이다. 우리 역사의 숨은 근육이라도 좋고, 숨은 힘이라고 해도 마땅하다.

아니 그로부터 생각이 움터 오르고 논의가 시작되었기 때문이다. 거기까지 거슬러 올라가 다시금 그를 들여다볼 수 있을 때 비로소 지금의 우리를 이해할 수 있는 까닭에서다.

지금 우리는 자신이 누리는 풍요를 매우 당연하게 여기고 있다. 자신이 땀 흘려 노력해왔기 때문에 얻어진 결과로 본다.

그러나 '열심히 노력한다'는 자질과 '무엇이든 바꿀 수 있다'는 역량은 누구에게나 주어지는 건 아니다. 어느 민족에게나 다 같이 주어지지는 않는다. 굳이 이웃 나라까지 살펴볼 필요도 없다. 그건 혹은 매우 드물게, 또는 아주 특별히 회득하게 되는 천혜의 유전자가 다름 아니다.

한때 나라의 국부가 오로지 부존자원의 경제적 가치로 가늠되는 시기가 없지 않았다. 때문에 지난 역사 속에서 상대적으로 부존자원이 빈약한 우리로선, 자신의 불우한 처지를 마치 가난한 부모에게로만 돌렸던 아이들처럼, 실의에 빠져 일상의 의욕조차 건사하기 어려웠던 게 사실이다.

그러나 근세에 접어들면서 판이 바뀌었다. 뒤늦게나마 '시장경제시스템'이라는 새로운 활동 무대에 나서게 되었고, 그러면서 사람의 역할이 무엇보다 중요함을 깨닫기에 이르렀다. 여전히 부존자원의 경제적 가치가 재산 목록의 상위를 점하고 있다지만, 그렇다고 나라의 등급마저 여기에 따라 결정되는 건 아닌 지 오래되었다. 사람의 역할이 그만큼 중대해졌다는 뜻이다. 우리가 과연 누구로부터 말미암아 마침내 도달하게 된 지금의 역사 근육을 갖게 되었는지, 새삼 관심을 갖게 되는 대목이다.

율곡은 천재였다. 억겁의 세월 속에 이 땅에 태어난 어떤 누구도 따를 수 없는 전대미문의 백미였다.

하지만 이러한 천재성을 그는 자기 한 몸에 비추지 않았다. 달빛이 들지 않는 곳이 없는 것처럼 오직 사회의 공동체에 투영시켰다.

출사한 이래 결코 양지의 권력이 아닌, 한사코 고통받는 음지의 백성들을 택했다. 동서 사림으로부터 모두 잔인한 핍박을 받았으나, 오직 개혁에 온몸을 내던지며 올곧게 실천하는 삶으로 나아갔다.

모두가 법률은 지엄해서 한 번 정하면 하늘이 두 쪽 나는 한이 있더라도 함부로 '바꾸지 못한다'고 두 눈을 부릅 뜰 때, 그는 제아무리 지엄한 법률로 정하였다 하더라도 백성을 위한 것이라면 일백 번이라도 '바꿀 수 있다'고 하면서 결코 굴하지 않았다. 꽝꽝 얼어붙은 보수의 대지 위에 홀로 거역하여 진보의 씨앗을 움틔운 고독한 이단이었다.

아직도 지구촌에는 구태에 얽매여 눈뜨지 못하는 청맹과니 같은 국가와 민족이 수두룩할 때, 그는 '무엇이든 바꿀 수 있다'는 역량을 우리의 유전자 속에 뚜렷이 각인하였다. 또 그 같은 확장성의 유전자는 역사와 경제점쟁이의 제자들마저 놀라게 한 지금의 우리를 탄생케 한 뿌리의 한 올이 되었음은 추호의 의심도 하지 않는다. 다시 말해 그런 그를 다시금 미루어 생각하고 곡진히 들여다볼 수 있을 때 비로소 지금의 우리를 이해할 수 있는 까닭에서다.

1장

내가 되다

'율곡의 탄생'

율곡(이이의 호) 이이李珥는 영명한 눈빛을 가진 천재로 태어났다. 3살 때 이미 글을 읽고 쓰기 시작했다. 「율곡연보」에 의하면, 어느 날 외할머니가 석류를 가지고 와 시험 삼아 이것이 무엇이냐고 물었다. 어린 율곡(이이의 호)은 망설임 없이 입을 열었다. "은행 껍질은 푸른 옥구슬을 머금었고, 석류 껍질은 부서진 붉은 진주를 감싸고 있네"라고 했다. 옛 시인의 시 한 구절을 고스란히 인용하여 주위 사람들을 놀라게 했다.

4살 때 벌써 역사책인『사략史略』을 배우기 시작했다. 7살이 되었을 땐 읽지 않은 책이 거의 없었다.

그가 태어난 때는 1536년(중종 31) 12월 26일 아침이었다. 외가인 강릉의 오죽헌에서 출생했다. 그때 어머니 신사임당은 33세였다. 율곡은 7남매 가운데 다섯째로 태어났다. 위로는 형이 둘, 누나가 둘 있었다.

율곡이 태어날 무렵 신사임당은 신비한 태몽을 꾸었다. 동해에서 사내아이를 안은 여신女神이 홀연히 나타나 신사임당의 곁에 내려놓았다. 사내아이는 피부가 옥처럼 맑고 신령스러운 빛마저 띠어 보는 이를 감탄시켰다.

출생하던 바로 전날 밤에도 꿈을 꾸었다. 바다에서 검은 흑룡이 용솟음쳐 일어나더니, 한달음에 날아와선 안방에 똬리를 틀었다. 어린 시절 그의 이름이 현룡見龍이었던 것도 딴은 이런 태몽에 기인한 것이다.

첫 수업은 화려하게 시작되었다. 처음부터 미래의 천재를 짐작케 하기에 충분했다. 어느 아이 같으면 이제 막 언어가 한창 발달할 3살 무렵에 벌써 수업을 시작했다.

4살 땐 스승을 집으로 불러들여 가르침을 받았다. 중국의 역사서인『사략』의 첫 권을 배워나갔다. 어느 날 스승이 '제위왕초불치제후개래벌齊威王初不治諸侯皆來伐'

이란 문장을 풀이하면서, 실수로 '제후'의 '후' 자 아래에다 그만 구두점을 찍었다.

이렇게 되면 '제나라 위왕이 제후들을 잘 다스리지 않았다'는 부정의 뜻이 되고 만다. 따라서 제나라 위왕이 제후들을 '치불치治不治'하는 것으로 풀이되어 역사적 사실에도 맞지 않을뿐더러, '제후' 다음에 나오는 '개皆'의 주체 또한 분명치 않게 된다.

유달리 총명했던 어린 율곡은 고개를 갸웃했다. 스승의 풀이를 선뜻 받아들이기 어려웠다. 한동안 의문의 눈길을 보내다 이윽고 작은 입술을 뗐다. "개皆 자가 제후 다음에 있으니, 문세로 보아 마땅히 '불치不治' 아래에서 구두를 찍어야 합니다"라고 했다.

어린 율곡의 생각대로라면, '제나라 위왕이 정치를 잘못하여 다른 제후들이 모여들어 벌하였다'로 풀이된다. 역사적 사실로 보나 문장의 흐름으로 보나 올바른 지적이 아닐 수 없다. 이제 겨우 4살밖에 되지 않은 코흘리개가 『사략』의 해석마저 꿰뚫어본 것이다.

그는 효심이 깊었다. 5살 때 신사임당이 돌연 병이 나온 집안이 충격에 휩싸였다. 모두가 정신을 차리지 못해 우왕좌왕하는 동안에, 어린 그가 보이지 않았다. 그를 다시 찾은 곳은 집안 한쪽에 자리한, 외할아버지의 을씨년스러운 사당 안이었다. 어린아이 혼자서 접근하기엔 두렵기도 할 외할아버지의 사당 안으로 몰래 들어가 어머니의 병을 낫게 해달라고 기도하고 있었다. 사람들은 가슴을 쓸어내리면서도 생각 깊은 아이를 다독이며 집안으로 돌아왔다.

어느 날인가 큰비가 내렸다. 빗물이 불어나 앞개울이 넘쳤다. 그때 어떤 사람이 위급한 상황에 처했다. 개울을 조심스레 건너려다 두 팔을 허공에 크게 내지르며 그만 급물살에 넘어지고 만 것이다. 구경하던 사람들은 넘어지는 모양새가 우습다고 저마다 손뼉을 치며 박장대소했다.

어린 그는 웃지 않았다. 급물살에 넘어져 당장 위태로운 상태에 빠져 있는 사람을 안타깝게 지켜보았다. 기둥을 꼭 끌어안고서 조바심쳤다. 그 사람이 급물살을 가까스로 헤치고 일어나 개울을 무사히 건너간 뒤에야 안타까운 눈길을 거두었다. 딱한 처지에 놓여 있는 어려운 사람을 외면하지 않는 이런 모습에서 벌써 남다른 인간성을 엿볼 수 있게 한다.

율곡은 태어나서 5살이 될 때까지 외가인 강릉의 오죽헌에서 자랐다. 신사임당과 외할머니의 극진한 보살핌을 받았다.

6살이 되자 신사임당을 따라 도읍인 한성으로 이주했다. 외할머니가 마련해 준 수진방壽進坊(지금의 종로구 관훈동)의 집에서 살았다. 고향 파주의 율곡촌과 외가인 강릉의 오죽헌에 이은 세 번째 이주였다.

태어난 곳에서 그대로 눌러앉아 살기에 대부분 고향을 떠나본 적이 없는 당대 아이들의 어린 시절과 상반된 경험이 아닐 수 없다. 어쩌면 어린 시절 그의 이 같은 경험치에서 이미 큰 영향을 받았으리라는 건 어렵잖게 상상할 수 있는 일이다.

재미있는 건 한성의 수진방 집(기와집과 텃밭)을 율곡이 14살 되던 해(1549)에 외할머니로부터 유산으로 물려받았다는 사실이다. 당시만 해도 어린 나이에 집을 가졌다는 건 정녕 놀라운 일이 아닐 수 없었다. 다른 곳도 아닌 한성의 도성 안에 자기 집을 소유한다는 건 그 시절에도 결코 쉽지 않은 일이었다.

그도 그럴 것이 한성의 도성 안은 왕조의 창건 이래 철저한 계획 도시였다. 도성 안은 동대문(흥인지문), 서대문(돈의문), 남대문(숭례문), 북대문(숙정문)의 성벽으로 둘러싸여 철통같았다. 도성 안의 주거 지역에서는 대부분 세습을 고수했다. 수백 년 동안이나 이렇다 할 변동 없이 고스란히 유지되어 내려왔다. 외국인은 물론 지방 사람 아무나 함부로 침투할 길이라곤 없었다. 사대문 안에 집을 갖는 것이 지금과 같이 하늘의 별 따기였다.

이 같은 어려움은 왕족이라 해도 피하기 어려웠던 모양이다. 『중종실록 』 28년에서 흥미로운 기록을 볼 수 있다. 며느리인 세자빈의 친정어머니가 너무 가난해서 여기저기 이사를 다니며 세 들어 사는 걸 안쓰러워했다. 중종(11대)은 집을 마련하라고 면포 10동同(1동은 50필, 1필은 약 22m)을 하사했다. 지금 돈으로 10억 원 정도가 된다.

요컨대 고래 등만 하지는 않더라도 당시에도 사대문 안에 웬만한 집 한 채를 마련하려면 그 정도 큰돈이 있어야 했다는 얘기다. 지금의 시세와도 얼추 비슷하다.

물론 율곡은 외할머니가 재산을 분재分財하기 전에 자신의 존재감을 확실히 보여주었다. 13살 어린 나이에 어렵다는 과거 초시에 급제하면서, 세상을 깜짝 놀라게 했다. 다시 말해 될성부른 떡잎에 자신의 봉사조奉祀條를, 그러니까 자신의 제사를 올리는 자손으로 외할머니는 14살의 어린 율곡을 벌써 콕 짚어 낙점한 것이다.

아무렇든 한성의 수진방에 살게 되었을 때부터 그는 신사임당으로부터 본격적인 천재 교육을 받게 된다. 여느 아이들보다 일찍 『논어』, 『맹자』, 『대학』, 『중용』을 비롯해서 『시경』, 『서경』, 『역경』에 이르는 '사서삼경四書三經'을 두루 익혔다. 남성 중심의 가부장적 사회에서 아버지도 아닌 그렇다고 다른 남성 스승도 아닌, 어머니로부터 더욱 완전하고 체계적으로 경전을 배워나가기 시작했다.

한 인물이 태어나 성장하는 데 있어, 영향을 가장 많이 끼치는 건 어떤 무엇일까? 가족, 교육, 환경, 책, 친구,

여행, 생각, 부유함과 가난 등 여러 가지를 거론해볼 수 있다. 그중에서도 절대적 비중을 차지하는 건 아무래도 자신의 어머니가 아닐까? 한 인물을 성장시키는 데 있어 어머니라는 존재만큼 절대적인 영향을 미치는 대상도 없다. 한 인간이 태어나 성숙하게 되기까지 어머니에게서 받는 영향력이 그만큼 큰 까닭에서다.

그렇다면 '율곡의 탄생'에 절대적인 영향을 끼쳤던 신사임당은 과연 어떤 어머니였을까? 율곡의 눈에 비친 신사임당의 모습이다.

먼저 아버지 이원수에 대해선 『율곡문집』에서 이렇게 적고 있다. "진실하고 정성스러워 꾸밈이 없으며, 너그럽고 검소하여 옛사람다운 기풍이 있었다." 일찍이 고려왕조에서부터 조선왕조에 이르기까지 대대로 만만찮은 족보를 지닌, 내로라하는 명문가였음에도 아버지에 대한 평가는 왠지 인색하기만 하다.

반면에 신사임당에 대해서는 후하고 구체적이다. 어머니야말로 진정한 스승이자 우상이었다고 말하고 있다.

신사임당 역시 명문가를 자랑한다. 어려서부터 유학

의 경전에 두루 통달한 데다 불교의 경전마저 폭넓게 섭렵한, 당대의 여성으로선 보기 드물게 사대부에 조금도 뒤지지 않는 학문의 경지마저 지녔다. 시문과 문장을 잘 지었을 뿐 아니라, 침선(바느질)과 자수에도 빼어난 솜씨를 보였다. 타고난 성품이 부드럽고 따뜻했으며, 지조가 정결하고 행동거지가 조용했다. 일을 무난하게 처리하고 자상하면서도, 말수가 적고 행동이 신중하며, 스스로 겸손함을 잃지 않았다고 한다.

뿐만 아니라 묵적(글씨와 그림)마저 범상치 않았다. 어린 시절에 천재화가 안견安堅의 작품인 '몽유도원도夢遊桃園圖'를 따라 그렸는데, 그림이 지극히 정묘했다고 전해진다. 신사임당이 즐겨 그렸다는 포도 그림은 지금 통용되는 5만 원권 지폐의 앞면에 들어가 있는데, 세상에 비길만한 화가가 없다고 율곡은 말하고 있다. 또 수십 폭에 달하는 그녀의 '초충도草蟲圖'는 오늘날에도 보는 이를 감탄케 할뿐더러, 뒷날 숙종(19대)을 비롯해서 송시열, 권상하 등 당대 명사들도 그녀의 그림을 보고 찬탄한 글을 남겼을 정도다.

더욱이 자신의 아호를 사임당師任堂이라고 지은 배경에서도 짐작해볼 수 있는 것처럼, 자녀 교육에 있어서도 몸소 실천하며 가르침에 엄격했다. 몸과 마음의 관계, 감정이 사람의 몸에 미치는 영향을 생각하여 태아의 정신생활에까지 세심한 관심을 두었다. 사물을 보는 것, 냄새를 맡는 것, 식사를 하는 것, 남의 의견이나 소리를 듣는 것, 자신을 드러내는 것, 사소한 몸가짐에 이르기까지 거의 모든 부분에서 올바르지 않은 것은 생각지도 행하지도 않도록 했다. 오직 진실한 마음으로 자녀들을 훈육했다.

특히 뜻을 세우는 정신을 강조했다. 예부터 성현들이 뜻을 세웠던 입지立志를 중시했다. '뜻을 품은 자는 이루지 못할 일이 없다'고 가르쳤다. '모든 일이 뜻을 세우는 데서부터 시작된다'고 교육했다. 곧 '뜻이 있는 자에게만 학문이 탄생되고, 덕德이 탄생되며, 또한 공功이 탄생된다'고 가르쳤다.

이 같은 경험치는 율곡의 어린 시절부터 자신을 겉으로 드러내는 데 조금도 주저치 않는 토대가 되었을 것으로 보인다. 내면 너머의 껍질 바깥으로까지 거침없이 나아갈 수 있었을 것으로 믿어진다. 율곡에게 평생 거침이란 없었으며, 자신의 감정과 생각을 명쾌하게 다 드러내었을 거라고 보는 이유다. 어머니 신사임당으로부터 그렇게 훈육되었을 거라고 믿는 근거다. 앞으로 좀 더 살펴보겠지만, 실제로 그는 자신의 전 생애를 통해서 그와 같은 모습과 역사를 관통하고 있음을 보게 된다.

나아가 어머니 신사임당의 이 같은 훈육 덕분에 율곡은 이미 어린 시절부터 안으로는 물론 자기 바깥으로까지 더욱 폭넓게 살펴볼 수 있는 능력을 가질 수 있었다. 시간과 공간으로 보았을 때 비록 가정이라는 울타리 안일망정, 그는 어머니 신사임당으로부터 가부장적 남성 중심의 사회에서 '부단히 바꾸어나가는 모습'을 지켜보며, 자신 또한 그처럼 육화해나갔다. 성장하는 데 있어 절대적 영향을 끼친다는 어머니의 곁에서 그 같은 자세와 가치를 고스란히 물려받게 된 것이다.

어린 시인의 눈길

　7살 때였다. 율곡은 이웃에 살던 진복창陳復昌이란 선비를 눈여겨보았다. 그를 보고「진복창전傳」이란 짧은 글을 짓기도 했다. '군자는 마음속에 덕을 쌓는 까닭에 마음이 늘 태연하다. 소인은 마음속에 욕심을 쌓는 까닭에 마음이 늘 불안하다. 내가 진복창이란 선비를 눈여겨보니 속으로는 불평불만이 가득하면서도 겉으로는 태연한 척하려 한다. 만일 이런 선비가 뜻을 얻게 된다면 나라에 반드시 근심이 커질 것이다'는 내용이었다.

　그렇잖아도 진복창은 원래 성품이 거칠었다. 그는 과거에 장원급제한 만큼 재주가 뛰어난 인물이었으나, 주위 사람들로부터 곧잘 독사 같다는 소릴 들었다. 아마 율곡도 그 같은 소문을 접했을 것으로 보인다.

아니나 다를까. 어린 율곡이 예견한 것처럼 훗날 진복 창은 나라에 근심을 키운다. 명종(13대) 연간에 임금의 외숙부인 윤원형尹元衡을 내세워 피비린내 나는 을사사화(1545)를 일으켰다. 수많은 무고한 선비를 죽음으로 내몰았다. 선악에 대한 율곡의 눈썰미가 어려서부터 남달랐음을 엿보게 한다.

이 무렵 율곡은 파주 고향 집에도 이따금 가고는 했다. 이때까지 아버지 이원수가 아직 벼슬을 하지 않아, 한성의 집과 파주 율곡촌을 종종 오갔다. 8살이 되던 해(1543) 가을에는, 고향 마을의 화석정花石亭이라는 정자에서 동네 친구들과 뛰어놀다 문득 시심이 일었다. 그 자리에서 시 '화석정에서'를 지었다. 오언율시五言律詩였다.

숲속 정자에 이미 가을이 깊어

어린 시인의 생각은 끝이 없어라

멀리 흐르는 강물은 하늘에 닿아 푸르고

찬 서리 맞은 단풍은 저문 해를 향해 붉어가네

산은 외로운 달을 토해내고

강은 만 리里의 바람을 품었네

하늘가의 저 기러기 어디로 날아가는지

저무는 구름 속에 울음소리 끊어져 잠기는구나

8살의 코흘리개가 지은 시라고 여겨지는가. 시의 전구轉句마다 이어나가는 대구對句의 의미조차 눈길을 끌기에 충분하지 않은가. 강변의 정자에서 내려다보이는 가을 풍경을 한 폭의 그림처럼 고스란히 담아내지 않는가. 무엇보다 시간의 흐름에 따라 변해가는 자연의 서정 속에 사고의 관조가 웅숭깊지 않은가 말이다.

9살 땐『이륜행실二倫行實』을 읽었다. 중종(11대) 연간에 예조판서(정2품) 김안국이, 임금과 대신들이 함께 공부하는 경연經筵에서 강의한 내용이었다.『이륜행실』은 형제 또는 우정에 관한 규범을 엮은 중국 책이었다.

책 속엔 당나라 때 장공예라는 사람의 사례가 있었는데, 한 집안에 9대가 함께 모여 살았다는 내용을 볼 수 있다. 율곡은 이 대목을 무척이나 인상 깊게 읽었다. "9대가

한 집안에 모여 산다는 건 분명 어려움이 따르겠지만, 그렇더라도 형제가 따로 떨어져 살아갈 순 없는 일이다'라면서, 부모형제가 함께 모여 사는 모습을 그림으로 그려놓고 그 감동을 감상하기도 했다. 훗날 그가 형제들과 우애를 두터이 했던 것도, 특히 먼저 세상은 뜬 맏형 이선李璿의 가족을 극진히 끌어안고 살았던 것도, 이때 다져진 가족애 때문이었다.

10살 땐 산문 '경포대부鏡浦臺賦'를 지었다. 어린 율곡의 공부가 이미 원숙한 경지에 이르렀음을 엿볼 수 있는 산문이다.

우선 산문 가운데 비유를 전혀 쓰지 않고 자신의 생각만을 직접 서술하는, '부賦'의 내용을 이루는 문장의 출전만 놓고 보더라도 그렇다. 『논어』를 시작으로 유학의 경전들을 두루 빼놓지 않는다. 아울러 『좌전左傳』『사기史記』『후한서後漢書』등의 역사서도 눈에 띄는가 하면, 「노자」와 「장자」에 이르기까지 실로 거침이 없다. 10살 무렵에 이미 그의 공부가 얼마나 폭넓었는지 짐작케 한다. 7살 때 벌써 신동이란 소리를 들으며 읽지 않은 책이 없었다거나(明宗實錄), 10살이 되었을 땐 유학의 경전들을 비롯해서 온갖 책을 두루 독파했다고 한 우암尤菴 송시열의 증언 또한 결코 허언이 아니었음을 알 수 있다.

특히 부의 끝부분에 이르면, 어린 율곡의 독서 수준이 과연 어느 정도인지 가늠할 수 있다. 아직 10살밖에 되지 않은 그의 정신세계가 얼마나 깊고 원숙한 것인가 확인해볼 수 있다. 다음은 그의 의취意趣를 엿볼 수 있는 '경포대부'의 마지막 부분이다.

…그러므로 마음을 비워 사물에 응하고, 일에 부딪혀 마땅하게 하면, 정신이 이지러지지 않아 안이 지켜질 것이니 어찌 뜻이 흔들려 밖으로 달리겠는가. 이치를 통달해도 기뻐하지 아니하고, 빈궁해도 슬퍼하지 않아야, 나아가고 처신하는 도를 온전히 할 수 있음이다. 우러러 부끄럽지 않고, 굽어보아서도 부끄럽지 않아야 하늘과 사람의 꾸짖음을 면할 수 있도다.

또한 억제하기 어려운 것이 사람의 정情이고, 넘치기 쉬운 것이 기氣이니 진실로 잡지 아니하고操 키움養의 기미를 잃고 만다면, 반드시 안일에 흘러 뜻을 잃기 마련이 아니겠는가. 명예를 구하거나 이익을 좇는 것은 참으로 성정을 해치는 일이지만, 요산요수樂山樂水는 어질고 슬기로움을 많이 그리워하게 하도다.

그러나 선비가 한세상을 살아가면서 자신을 사사로이 하지 않고 있다가, 혹여 풍운의 기회를 만났을 때는 응당 사직을 돕는 신하가 되어야 하리로다. 융중 땅의 와룡(제갈공명)이 비록 문달을 구한 선비는 아니었더라도, 위천의 어부(강태공)가 어찌 세상을 잊은 사람이었으리.

아, 삶이란 바람 앞의 등불처럼 짧은 백 년이고, 넓은 바다에서 한 알의 좁쌀이로세. 여름 벌레가 얼음을 의심하는 것이 가소롭거니와 통달한 현인들의 뛰어난 식견을 그리워하는도다. 좋은 경치를 찾아 천지를 집으로 삼을지니 어찌 반드시 중선(위나라의 왕찬)이 헛되이 고국을 그리워함을 본받을 것이냐….

어떤가. 이제 갓 10살짜리 아이의 산문이라기보단 마치 늘그막에 비로소 달관의 경지에 도달한 도인의 산문과 같아 보이지 않는가. 인생의 덧없음과 천지의 비범함, 그

속에서 통달한 현인들의 식견을 그리워하며 살아가겠다
는 의취에는 이미 인생의 목표와 더불어 장차 대학자이
면서 정치가로 살아갈 앞날의 기상마저 깃들어 있지 않
은가.

13살, 세상을 깜짝 놀라게 하다

율곡은 생애 처음으로 응시한 과거에서 급제했다. 전국에서 수만 명이 몰린 가운데 240명만이 급제하는 과거 초시의 방방(급제자 발표 명단)에 자신의 이름을 맨 앞에 올렸다(1548). 그것도 장원으로 급제한 걸 보면 얼마나 어려운 관문을 뚫었는지 짐작할 수 있다.

이때 율곡의 나이는 불과 13살이었다. 세상이 깜짝 놀랐다.

어린 그가 너무도 기특해 승정원(지금의 대통령 비서실)에서 따로 불렀다. 으레 과거 급제자라면 어깨에 힘이 좀 들어가 뽐내는 태도를 감출 수 없었는데, 어린 율곡에게선 그러한 기색도 찾아볼 수 없었다. 장차 큰 인물이 될 것이라는 모두의 기대를 한몸에 받았다.

한데 다음 단계인 복시에는 응시하지 않았다. 어린 나이 때문이었는지, 초시에만 장원급제하고 그만두었다. 아마도 부모의 권유를 받아들여 자신의 실력이 어느 정도 되는지 시험해 본 것으로 추측된다.

16살이 되던 해 여름, 아버지 이원수가 과거에 급제하지 않고 부조父祖의 공으로 벼슬을 얻었다. 음직으로 출사했다. 지방에서 바치는 세곡을 한성으로 운반하는, 조운을 관리하는 수운판관(종5품)에 제수되었다. 이원수의 나이 쉰이었다. 영의정을 지낸, 당대 권력자인 숙부 이기李芑의 도움이 컸을 것으로 보인다.

이듬해 율곡은 부모를 따라 지금의 서울 삼청동에 자리한 우사寓舍(지금의 관사)로 이사하게 된다. 뒤늦게 아버지가 벼슬을 얻은 데다, 비록 우사이긴 하지만 집도 이사해 새로운 기분으로 들떠 있을 즈음이었다.

한데 이사 온 지 두 달여나 지났을까? 율곡은 예기치 않은 큰 슬픔에 빠진다. 그만 어머니 신사임당을 여의고 만 것이다.

그를 더욱 슬프게 했던 건 어머니의 임종마저 지키지 못했다는 사실이었다. 아버지가 수운판관으로 평안도에 갈 적에 큰형과 함께 따라갔다가, 배가 한성의 서강나루에 도착했을 즈음에야 청천벽력과도 같은 어머니의 부음을 접했다.

신사임당은 세상을 뜨기 사흘 전 병석에 누웠다. 자신의 병세가 회복되기 어렵다고 예견했다. 남편과 두 아들이 떠난 직후 눈물을 흘리면서 서강나루로 편지를 띄웠으나, 아무도 그 뜻을 미처 헤아리지 못했다.

신사임당은 운명하기 전날 "내가 살지 못할 것 같다"라고 말한다. 하지만 그날 밤 유난히 편안히 잠들어 차도가 있어 보인다며 집안 식구가 모두 안심했으나, 이튿날 새벽에 세상을 떴다. 향년 48세였다.

율곡은 비탄에 빠져 신사임당의 묘소를 지켰다. 움막을 짓고 3년 동안의 시묘살이에 들어갔다. 제수를 장만하거나 제기 닦는 일조차 하인들에게 맡기는 법이 없이 자기 손으로 다했다.

그렇게 신사임당의 시묘살이를 마친 19살이 되자 상

복을 벗었다. 이어 관례를 치렀다. 상투를 틀고 갓을 쓰는 의식으로, 비로소 성인이 되는 통과의례였다. 다시금 본격적으로 과거에 매진해야 할 시기였다.

하지만 끝내 책을 덮고야 말았다. 율곡은 자신의 스승이자 우상으로서 하늘과도 같은 존재였던 신사임당의 죽음을 접한 후 상실과 허무의 늪에 빠졌다. 이미 13살 때 초시에 장원급제하여 세상을 깜짝 놀라게 하면서, 대과 또한 요식 행위에 불과할 것 같던 천재는 이듬해 돌연 출가하고 만다. 금강산으로 들어가 승려가 된 것이다.

율곡이 훗날 "신이 자모를 여의고는 망령되어 슬픔을 잊고자 석교釋敎를 탐독하다, 본심이 어두워져 드디어 깊은 산으로 달려가서 거의 1년이 되도록 선문에 종사하였습니다"라고 고백하고 있는 것처럼, 그의 출가는 어머니 신사임당의 죽음으로 말미암은 격정의 피안이었다.

그런 이유로 금강산에서의 승려 생활은 오래가지 못한다. 1년여 뒤에 하산을 결행하기에 이른다.

그렇다 하더라도 국가경영을 담당해야 할 선비로서 불교라는 이단으로 피안했던 전력은 두고두고 뼈아플 수밖에 없었다. 당장 과거와 같은 공적 영역에서 적잖은 흠 결로 지적되었다.

훗날의 얘기이지만, 그가 대과에 급제하여 성균관의 문묘에 참배했을 적에 결국 봉변을 당하고 만다. 한때 그가 승려였다는 건 이미 알 만한 사람은 다 알았던 터라 성균관의 유생들이 가만있지 않았다. 성균관의 출입을 봉쇄하고 막아서는 등 격렬한 따돌림을 피하기 어려웠다.

아무렇든 그는 금강산에서 하산한 이듬해(1556)인 21세 때 한성에서 치러진 경시에 모습을 드러냈다. 초시에 다시 장원급제하면서 건재함을 확인시켰지만, 그 이상의 기록은 없다. 금강산에서 승려 생활을 한 전력 때문에 복시를 포기하지 않았나 싶다.

'구도장원공'이란 별칭을 얻다

금강산에서 하산한 뒤 삼 년이 지난해(1558)의 겨울, 율곡은 다시 과거 초시를 치른다. 10년 만이었다. 이번에도 장원급제였다.

이때의 과거 책문으로는 '천도天道'가 주어졌다. '하늘의 이치를 논하라'는 문제였다. 책문을 출제했던 시관들은 율곡이 논술한 '천도책天道策'을 받아보고서 이례적으로 천재라고 찬탄했다. 지식인들 사이에서도 모르는 이가 없을 만큼 명문으로 회자되기조차 했다.

한데 무슨 연유에서인지 율곡의 행방은 이후 또다시 묘연해진다. 아니 과거의 방방에 그의 이름도 감쪽같이 사라졌다. 그의 천재성을 더는 만나보기 어려웠다.

어떻게 된 걸까? 과거의 방방에 그의 이름이 사라진 이유는 너무도 분명했다. 앞서 성균관의 문묘에 참배했을 때 유생들이 격렬한 감정을 드러냈던 것처럼 그의 이단 전력이 발목을 잡았다.

더구나 또 다른 이유마저 더해졌다. 26세 때 그만 아버지의 상을 당하면서, 신사임당에 이어 다시금 3년여 동안 시묘살이를 해야 했다. 과거 응시를 조금 더 미루지 않으면 안 되었다.

그렇게 시묘살이를 끝낸 그는 29세가 되던 해(1564)에야 비로소 과장에 다시 모습을 드러냈다. 자신의 천재성을 유감없이 발휘해 보였다. 한 해 동안에 초시와 복시, 또다시 초시, 복시, 대과에 이르기까지 무려 다섯 번 연속으로 장원급제했다(명종 19년).

이때 율곡은 13살에 처음 과거를 치른 이래 모두 아홉 번 장원급제했다 하여 '구도장원공九度壯元公'이란 별칭을 얻는다. 단숨에 호조좌랑(정6품)으로 출사하게 된다. 흔히 대과에서 장원급제한 자가 종6품의 벼슬에 제수되는 관례조차 깨는 파격적 예우였다.

여기엔 의문도 남는다. 그가 과거에서 모두 아홉 번을 급제한 것은 분명한 사실이다. 하지만 별칭을 얻은 것처럼 아홉 번 다 장원급제한 것은 아무래도 아닌 듯하다. 그의 천재성으로 미뤄 주관성과 객관성을 녹여 그만한 장원급제도 충분하다는 예우 차원이 아니었을까 하는 생각마저 들게 한다.

여러 연보를 놓고 보더라도 우선 13살 때 치른 첫 과거에선 장원이 아닌 그냥 급제를 한 것이 아닌가 싶다. 더러 그렇게 주장하는 사료도 없진 않으나, 수만 명이 몰려든 한성의 경시 초시에서 그가 100여 명 안에 들어 급제를 했다는 기록이 다수인 까닭에서다.

숙종(19대) 때 박세채朴世采의 문집 『남계집』에 수록되어 있는 「율곡이선생연보栗谷李先生年譜」에서도 다른 이름을 볼 수 있다. 『남계집』에도 역시 다른 사료와 달리 13살 때 그가 처음 치른 경시 초시에서 장원급제했다고 기록되어 있긴 하나, 1558년 봄에 치러진 초시에선 그가 급제하긴 했어도 오운기가 장원급제한 것으로 되어 있다.

또 다른 의문도 있다. 23세 되던 해에 치른 세 번째 과시(1558)와 관련해서는 『남계집』의 내용은 물론, 율곡 자신의 고백도 있다. 23세 되던 해 이른 봄, 성주 목사로 나가 있던 장인 노경린을 찾아갔다 돌아오는 길에 벼슬에서 물러난 대학자 퇴계를 찾아가 만난, 그 직전에 치러진 과거에서 낙방했다고 밝히고 있다. 퇴계가 그런 율곡에게 위로의 편지를 띄웠다는 사실까지 확인된 것이다.

퇴계는 편지에서 옛 성현의 말을 인용한다. 너무 젊은 나이에 과거에 급제하는 건 되레 불행일 수도 있다면서, 이번에 낙방한 것은 필시 하늘이 보다 큰 성취를 위한 준비일 뿐이니 노력을 아끼지 말라는 격려를 담고 있다. 마치 『맹자』의 「고자」편에 나오는, "하늘이 장차 큰 임무를 이 사람에게 내리려 할 적에는 반드시 먼저 그 마음을 괴롭게 하고, 그 신체를 수고롭게 하며, 그 몸을 굶주리게 해서, 그 몸을 궁핍하게 하여 행하는 바를 어그러지게 함이니 이는 그 사람의 마음을 분발시키고, 성질을 인내하게 하여, 스스로 능하지 못한 부분을 보태주고자 함이다"라는 문장을 연상시킨다.

이 같은 사실로 미뤄볼 때, 23세 되던 해 봄에 치러진 과거에선 낙방한 것이 틀림없어 보인다. 또 같은 해 가을에 치러진 경시 초시에선 그 유명한 '천도책'으로 다시 한 번 장원급제한 것 역시 분명하다.

　중요한 건 그도 과거에서 낙방할 수 있다는 사실이다. 23세 때 '천도책'으로 다시금 장원급제한 이후, 29세 때 식년시(정기 과거시험)에서 마침내 대과에 장원급제하며 벼슬에 나아가기까지, 6년여 동안이나 과거에 급제했다는 소식을 일절 찾아볼 수 없다는 점 또한 그 같은 의문을 뒷받침한다. 몇 번인지 정확히 확인할 길은 없으나, 천하의 율곡도 과거에서 낙방의 고배를 들었음이 확실해 보인다.

　어떻게 된 걸까? 전대미문의 백미에게도 과거는 단지 급제를 따내는 요식 행위가 아니었단 말인가? 그것도 무려 6년여 동안이나?

　여기에서 몇 가지 단서를 유추해볼 수 있다. 예컨대 그가 스스로 과거를 외면한 시기가 있었다. 26세 때 갑작스러운 부친의 상을 당해 속절없이 3년여 동안 시묘살이를 하면서 과거에 응시하지 못했다.

그렇대도 의문은 여전히 남는다. 시묘하기 이전, 그러니까 23세 때부터 부친의 상을 당하기까지 3년여 동안의 공백은 또 어떻게 설명할 수 있느냐는 거다. 23세 되던 해 봄에 치러진 과시에서 그 유명한 '천도책'을 써내며 시관들조차 이례적으로 천재라고 찬탄하게 했던 여세를 몰아 나머지 대과까지 마저 치르는 게 당연했을 텐데도 말이다.

그럼에도 23세 이후 부친의 상을 당할 때까지의 3년여 동안 아무런 결과가 없다는 건 뜻밖의 일이 아닐 수 없다. 결국 율곡과 같은 천재도 과거에서 낙방했다는 얘기로밖엔 설명되지 않는다.

실제로 명종(13대) 연간에 성균관 대사성(정3품)을 지낸 양응정梁應鼎의 문집『송천유집』에서 그 단서를 찾을 수 있다. 송강松江 정철의 스승이기도 했던 양응정은, 율곡이 23세 되던 해 과거를 치를 때 책문으로 '천도'를 출제했던 시관이었다.『송천유집』에 실린 그의 행장行狀에 이같은 기록이 있다.

선생(양응정)이 과시의 시관이 되어 '천도'를 책문으로 출제하자, 책문에 답해야 하는 응시 선비들이 어떻게 답을 써야 할지 몰라 붓을 들 수조차 없다며 일제히 책문을 바꾸어달라고 청했다. 선생은 일찍부터 율곡의 학문과 덕성이 모두 온전하며 나라를 이끌 식견을 갖추고 있음을 알고 있었다. 나아가 율곡이 이미 두 차례나 초시를 통과(장원급제)했다. 선생은 특별히 '천도'를 책문의 문제로 내어 그의 학식을 가늠해보고자 하였다. 때문에 선생은 책문의 문제를 고치도록 허락지 않고 이렇게 말했다. "여기 과장에 반드시 이이라는 선비가 들어왔을 것이다. 찾아가서 그에게 물어보거라."그래서 여러 선비가 이이를 찾아가 이치를 논한 다음에야 책문의 문제에 답할 수 있었다. 선생이 이에 이이를 장원으로 가려 뽑았는데, 당시 여론은 그가 입산佛家했던 과실이 있음을 들어 모두 배척했다. 그렇지만 선생은 여론에 추호도 흔들리지 않았다. 함께 과시를 주관했던 시관 유홍兪泓도 선생의 식견을 믿고 뜻을 같이 하여 그를 장원으로 뽑았다….

　　행장에서 볼 수 있는 것처럼 양응정은 그의 천재성을

일부러 시험해보고자 했던 것 같다. 때문에 섣불리 알았다간 붓조차 들기 어렵다던, 하늘의 이치를 묻는 '천도'를 일부러 과거의 책문으로 채택했다. 그럼에도 율곡의 답안이 워낙 출중했기에 한때 이단(불교)에 몸담았던 과실에 대한 여론마저 뿌리쳤던 것으로 보인다.

더욱이 함께 시관으로 나서 과거를 주관했던 유홍마저 호응하고 나서면서, 율곡을 장원으로 가려 뽑았음을 알 수 있다. 다시 말해 양응정이나 유홍과 같이 그의 재능을 높게 평가하지 아니하고, 그저 이단에 대한 전력만을 눈엣가시처럼 여긴다면 얼마든지 낙방시킬 수도 있다는 얘기가 된다.

요컨대 시험이란 그때나 지금이나 주관성이 강할 수밖엔 없다. 제아무리 머리가 좋다 해도 반드시 잘 치른다는 법 또한 없다. 주어진 조건이나 변수에 따라 얼마든지 좌우될 수 있음을 알 수 있게 한다.

율곡도 예외가 아니었다. 한창 감수성이 예민하던 청소년기에 그만 어머니를 여의면서 격정의 피안으로 금강산에 들어가 불가에 잠시 몸담았던 전력이 숨길 수 없는 주홍글씨로 따라다녔을 가능성이 크다. 그로 말미암아 주관적 논술에 따른 채점의 투명성과 공정성이 번번이 도마 위에 오른 과거에서 낙방의 고배마저 들고 말았음이 분명한 것 같다.

그렇다 해도 율곡만큼 선천적으로 아주 특별한 재능을 갖고 태어난 이는 전혀 없었다. 일찍이 볼 수 없었다는 표현이 마땅하다. 신사임당에 이어 아버지의 시묘살이까지 마친 6년여 동안의 공백을 가뿐히 딛고 일어서, 한 해(1564) 동안에 초시에서 대과에 이르기까지 거푸 다섯 번이나 장원으로 급제한 이는 그가 유일했다. 과거제도를 도입한 고려왕조 이래 천 년의 역사에서 전무후무한 일이었다.

2장

율곡이 되다

적폐가 산적한 시대

율곡은 조선 중기의 인물이다. 중종(11대), 인종, 명종, 선조(14대) 연간에 살았다. 대과를 거쳐 출사해선(1564) 대부분 선조 연간에 벼슬살이를 했다. 조선초기 이래 정국을 지배해오던 훈구 세력에 의해 사림이 무수히 죽어간, 피비린내 나는 4대 사화(무오, 갑자, 기묘, 을사)도 지나간 그다음의 시대였다.

우선 나라 안의 정치를 살펴보면, 조선 초 이래 정국을 지배해오던 훈구에서 사림으로 정권이 넘어갔다. 이어 사림 안에서 내부 분열이 일어나 동서로 분당되었다. 기득권을 가지고 있던 사림의 서인西人과 그것을 비판하고 쟁취하려는 동인東人 사이에 당쟁의 불꽃이 튀었다.

동인은 강한 결집력을 구축한 데다 공세적인데 반해, 서인은 전혀 그렇지 못했다. 서인은 비록 기득권을 가지고 있었지만 세력이 약했다. 결집력도 떨어지는 데다 수세적이었다.

그 사이 율곡은 대사간(정3품), 대사헌(종2품), 이조판서(정2품), 형조판서, 호조 판서, 병조판서, 다시 이조판서 등을 역임했다. 조정의 요직을 두루 거쳤다.

그러면서 대신들에게 직언을 하는 것은 물론, 임금에게도 직간을 서슴지 않았다. 조정의 가장 웃어른인 영의정(정1품) 이준경에게조차 임금이 보는 앞에서 뼈를 찌르는 비판을 주저치 않았다.

당시 승정원 승지(정3품)인 고봉高峰 기대승이 김개金鎧가 사림을 해치려 한다고 비판하자, 영의정 이준경이 기대승을 질타하고 나섰다. 기대승의 비판이 법도에 어긋날뿐더러, 승지가 해야 할 일이 아니라고 지적했다. 마땅히 대간이 해야 할 일을 월권한 것이라며 되레 기대승을 궁지로 몰았다. 그러자 율곡이 영의정 이준경을 비판하고 나섰다.

"아닙니다, 영상대감. 승지 역시 경연에 참여하는 관료가 아닙니까? 면대를 청하여 말씀을 아뢰는 것 역시 곧 승지의 직분입니다. 오늘날 좋은 정치는 시행되지 않고 갖가지 제도는 허물어져 해이해졌는데도, 법도를 새롭게 바꾸지 아니하고 상규에만 얽매여서 예전의 묵은 제도만을 지킬 생각이라면, 산적해 있는 적폐를 과연 어떻게 해소하고 큰일을 도모할 수 있겠습니까? 대신이 임금을 도道로 인도치 못하고, 오로지 근래의 상규만을 지키려 애쓰고 있으니 이것은 아랫사람들이 바라는 바가 아닐 것입니다…."

율곡은 삼사(홍문관, 사간원, 사헌부)에 재직하던 젊은 시절부터 직언을 서슴지 않았다. 일찍이 끔찍한 4대 사화를 치르면서 누군가 입을 열어 비판을 한다는 건 곧 자신의 목숨을 내놓아야 할 만큼 신하들에겐 커다란 부담이 아닐 수 없었다. 그럼에도 율곡만큼 날카롭게 직간할 수 있는 이가 조정 안에 또 없었다.

이런 일도 있었다. 선조 7년(1574)의 '황랍黃蠟사건'이다. 젊은 선조가 어떤 아리따운 후궁에 깊이 빠져, 벌꿀

500근을 하사하려고 했다. 한데 대신들이 꿀 먹은 벙어리처럼 입을 꾹 다물고 있자 그가 나섰다. 불가함을 알리는 직간을 여러 차례 하는 바람에, 젊은 선조가 결국 자신의 의지를 단념할 수밖에 없었다. 그의 올곧은 성품을 엿볼 수 있게 하는 예이기도 하지만, 신하가 반대한다 해서 사랑하는 여인에게 주려 했던 황랍 선물을 거두어들인 젊은 선조의 인품 또한 대단하다는 생각이 든다.

그런가 하면 전술한 대로 율곡은 42세에 대사간에 제수되었으나 사양했다. 그러면서 "신에게 시사時事에 대해 물을 것이 있다면 하문하시되, 그 말을 채용하지 않으시려거든 신을 다시는 부르지 마십시오"라고 했다. 율곡만의 결기가 묻어나는 결연함을 엿볼 수 있는 부분이다.

그럼에도 선조는 그를 계속 대학자로 예우했다. 율곡이 49세에 요절할 때까지 음으로 양으로 그를 지켜주었다. 아니 자신보다 16살이나 많은 율곡을 마음속으론 사부로 믿고 기대었다는 표현이 더 정확할 것 같다.

어쨌든 사림 안에서 분열이 일어나 동서로 분당되어 있을 때, 율곡의 입장은 누구보다 분명했다. 처음부터 줄

곧 동인과 서인의 화합을 도모하는 방향으로 정책을 지향했다. 그는 양쪽이 모두 그르다는 양비론兩非論이 아닌, 양쪽이 모두 옳다는 양시론兩是論을 폈다.

이 같은 입장과 논리에도 불구하고 동서 붕당은 날로 첨예하게 부딪혀 서로 물러날 줄 몰랐다. 상대를 인정하지 않는 독단적 형태로 치닫기에 이르렀다.

특히나 율곡을 향한 동인의 손가락질이 그치지 않았다. 서인의 편을 든다는 집요한 지적이 그치지 않자, 결국 그는 동인과 서인의 시비를 명확히 가 리는 정책으로 전환해가기 시작한다. 서인을 암묵적으로 지지한다. 동서 양당으로의 붕당론은 왕권과 지배층이 서로 인정할 수밖에 없는 현실적 합의였던 것이다.

율곡은 그 같은 붕당정치의 한복판에 서 있었다. 재상의 위치에서 이미 정치적으로 깊숙이 관여되어 있던 시기를 살아가지 않으면 안 되었다.

나라 바깥의 환경 또한 복잡다단했다. 명나라는 장거정張居正이 집권하자, 개혁의 기치를 내걸었다. 대륙이 온통 들썩거렸다.

일본 또한 심상치 않았다. 중세를 종식시키며 통일을 이뤄가는 변혁의 시대로 접어들고 있었다.

이 같은 시대 상황의 변화는 정치사회를 바라보는 율곡의 시각에도 그대로 반영된다. 고쳐서 새롭게 하는 경장更張 곧 '개혁의 길'을 선택할 수밖에 없었다.

무엇보다 토지를 둘러싸고 난마처럼 얽혀 있는 사회 문제와 그로 말미암은 갈등 구조는 당면 과제였다. 토지 소유를 둘러싼 양반 관료와 농민 간의 갈등에서부터, 토지 소유의 확대를 둘러싼 사대부 내부의 분열 문제 또한 증폭되어 가고 있었다.

조선 초의 토지제도는 순전히 과전법科田法에 따랐다. 이성계와 신흥 사대부들이 새 왕조를 건국하면서 고려 말의 권문세족들로부터 토지를 몰수하여, 이를 자신들의 경제적 기반으로 재편성하는 과정에서 만들어졌다.

과전법은 처음 만들어질 때만 해도 관료들만이 아니라, 건국에 공을 세운 직책이 없는 공신들이나 사대부들에게도 지급되었다. 그러면서 점차 지급해줄 토지가 부족해지자, 세조(7대) 연간에 직전법職田法으로 바뀌었다. 관료들에게만 과전을 지급키로 했다.

하지만 토지를 놓고 지주와 소작인 사이의 대립이 격심해지자, 성종(9대) 연간에 직전법을 폐지했다. 국가에서 조세를 직접 거두어 관료들에게 지급하는 관수관급제官收官給制로 바뀌었다. 그러다 명종(13대) 연간에는 관료들에게 녹봉祿俸을 직접 지급하는 봉록제로 다시 바뀌었다.

이런 일련의 과정을 거치면서 새 왕조를 창건한 궁극의 목표, 곧 양반 관료들의 토지 지배는 종식되는가 싶었다. 백성들의 시름이 그치는 듯했다.

그러나 농업을 기반으로 삼는 왕조 국가에서 지식 한 가지만으로 백성들을 지배할 수 없다는 걸 깨달은 양반 관료들이 다시금 움직이기 시작했다. 자신들이 직접 토지를 소유하기 위해 팔을 걷고 나섰다.

이렇게 보면 조선 초 이래 2백 년 가까이나 피를 뿌렸던 4대 사화란 것도 딴 게 아니었다. 사림파에 대한 훈구파의 정치적 공세가 전부가 아니었던 셈이다. 딴은 백성들을 지배할 수 있는 토지 소유에서 제외되지 않으려는,

사대부 내부의 격렬한 투쟁이었다는 해석조차 없지 않은 것이다.

다시 말해 토지제도가 과전법에서 직전법으로, 다시 관수관급제에서 봉록제로 바뀌는 과정을 거치면서 다툼이 빚어졌다. 양반 관료들이 사적으로 토지를 소유하고자 벌인 투쟁이 결국 피비린내 나는 4대 사화로까지 번지고 만 셈이다. 중앙의 양반 관료들 곧 훈구 세력이 토지 소유를 확대해나가자, 지방의 중소 지주들인 사림이 방어하고 나서면서 정면으로 부딪치게 되었다는 얘기다. 새 왕조의 사대부들 역시 고려 말의 권문세족과 하나도 다를 게 없는 모습으로 되돌아가고 말았다는 것을 뜻했다.

고래 싸움에 새우 등 터진 격이 된 백성들은 여전히 절대적인 가난을 부여안고 살아야 했다. 언제 어느 시대에나 굶주린 백성들이 없지 않았다지만, 적어도 율곡이 살았던 조선 중기는 절대적인 가난에 빠져 굶주린 백성들이 그렇지 않은 백성들보다 상대적으로 더 많을 수밖에 없던 시대였다. 슬픈 가난으로 고통받는 백성들의 신음 소리가 그칠 줄 몰랐다.

율곡의 시대는 이 같은 막중한 과제 앞에 직면해 있었다. 창건한 지 2백여 년이 되면서 곳곳에 적폐가 산적했다. 나라에 일대 혁신이 필요한 시기였다.

이러한 시기에 과연 그는 어떤 선택을 하게 될까? 모두가 바라는 부귀영화의 길을 갈 것인가, 아니면 시대의 현실을 직시한 또 다른 길을 걷게 될 것인가.

율곡은 자신의 발밑에 연연하지 않았다. 부귀영화를 뒤로 한 채 시대의 현실을 직시했다. 비록 험로를 간다 할지라도 슬픈 가난으로 고통받는 백성들을 차마 외면할 수 없었다.

벼슬길에 오른 이듬해(1565) 봄부터 곧바로 실천에 나섰다. 적폐를 청산하여 고통받는 백성들을 구하기 위해 개혁의 길을 택했다. 그는 상소, 직간, 저술로 개혁의 길을 걸었는데 훗날 육조의 판서가 되어서는 자신이 직접 개혁에 앞장섰다.

그러나 개혁은 언제 어느 때나 쉽지 않은 선택이었다. 표면적으론 반대 정 파의 인물들조차 입만 열면 개혁의 필요성을 부르짖곤 하면서도, 기실 속마음에서까지 절실한 건 아니었다. 심지어 서애西厓 유성룡 같은 이는 "율곡의 재주로는 개혁을 성공시킬 것 같지 않다"라며 비웃기까지 했다.

다시 말하지만 율곡은 성리학의 이상을 조선왕조에 구현하는 데 노심초사하며 생애를 바친 대학자이자 정치가였다. 하지만 자기 앞에 놓인 시대 상황은 너무나도 달랐다. 너무도 다른 시대 상황이었기에 자신의 생각과 진로를 더욱 단단히 굳히지 않으면 안 되었다.

조선왕조가 창건된 지 2백여 년이 되면서 때도 변하고, 일도 바뀌며, 적폐 또한 물때처럼 켜켜이 끼여, 마침내 변통할 때라는 결심이 누구보다 확고했다. 물에 빠져 허우적대는 사람을 구하듯 당장 서둘러 개혁에 나서지 않으면 안 된다고 주장하며 시대의 한복판에 섰다. 산적하고 시급한 현실 문제에 온몸으로 부딪쳐 가는 저항과 개혁의 길에 나섰다. 도탄의 수렁에 빠진 질곡의 길을 홀로 어기차게 걸었다.

베옷을 벗고 용문에 오르다

율곡은 말을 배우기 시작한 3살 때부터 글을 읽고 쓸 줄 알았다. 과장에서도 자신의 천재성을 유감없이 발휘해 '구도장원공'이란 별칭까지 얻어가며 화려하게 출사케 된다. 꼭이 20여 년 동안의 벼슬길에 첫발을 내딛었다. 종9품으로 시작하는 낮은 등수의 급제자들보다 10년 이상이나 앞선 품계를 받을 수 있었던 건, 과거에서 아홉 번이나 장원급제한 데 대한 예우에서였다.

나는 일상의 궁핍을 면하기 위해, 나라의 녹을 먹고자 벼슬길을 택했다….

율곡이 벼슬길에 나서면서 남긴 말이다(1564). 그의 나이 29세 때였다.

하지만 조정에서 퇴계를 만날 순 없었다. 그가 처음 만나 공자와 주자로 이어지는 도학(성리학)의 전통을 계승하였다며 송찬을 아끼지 않았던 퇴계는, 이미 6년 전에 조정에서 물러났었다. 그 뒤로도 여러 차례 관직에 제수되었으나 신병을 이유로 끝내 돌아오지 않고 있었다. 이태 전에 완공한 안동의 도산서원에 머물며 제자들을 길러내는 데 진력했다.

율곡의 첫 벼슬은 호조좌랑(정6품)이었다. 흔히 대과에 급제한 뒤 참상관(종6품 이상의 고관)이 되기까진 줄잡아 10년 이상의 기간이 소요되는데, 그러한 기간과는 전혀 상관없이 무려 일곱 품계나 뛰어올랐다. 단숨에 참상관에 제수된다는 건 여간한 특혜가 아닐 수 없었다.

더욱이 호조좌랑의 벼슬은 대과에서 장원급제한 자가 종6품의 벼슬에 제수되는 관례조차 깬 파격적 예우였다. 조정의 관료들 사이에선 꽤나 의미 있는 제수였음이 분명해 보인다. 당시의 기록이 『조선왕조실록』에 있다.

심의겸을 의정부 검상(정5품)으로, 권덕여를 사간원 헌납(정5품)으로, 이거를 홍문관 교리(정5품)로 (승차하였으며), (장원급제한) 이이를 호조좌랑으로 삼았다…. 이이는 사람됨이 총명·예민하였으며, 널리 배우고 기억력이 매우 뛰어난 데다 글까지 잘 지어 일찍부터 드러났었다. 한 해에 사마시와 문과의 두 시험에서 연달아 장원으로 뽑히자 세상 사람들이 부러워하였다….

율곡도 가슴이 벅찼던 걸까? '베옷을 벗고 용문龍門에 오르다'라는 시를 지어 남겼다. 미천한 사람이 입는 베옷을 벗고 비로소 벼슬길에 오른다는, 자신의 심경을 솔직하게 담고 있다.

해와 달의 비춤이 해동의 하늘에 빛나
성군께서 보위에 오르신 지 어언 19년
음양이 정돈되어 계절이 순탄하고
오성五星이 순환하여 규성(문운을 가리키는 별)에 모여

만물이 풍성한 즐거움에 쌓였네…

값진 인재들이 모두 조정에 모였으니

어느 누가 숲속에서 혼자 늙어가겠는가…

형설의 어려운 공부, 이제야 보람을 거두니

청운의 길, 감히 내달릴 수 있으리

이후 명종(13대)이 승하할 때까지 3년여 동안 예조좌랑, 사간원 정언, 병조좌랑, 이조좌랑을 지냈다. 품계는 정6품이었더라도 이른바 조정의 노른자위라는 청직淸職과 요직要職을 두루 거쳤다. 첫걸음부터 닭의 무리 가운데에 있는 한 마리 학이었던 셈이다.

당시 율곡을 비판했던 쪽에선 뒷배가 있다고 확신했다. 조정의 노른자위만을 거칠 수 있었던 건 다름 아닌 명조(13대)의 비인 인순왕후의 남동생이었던 심의겸의 후원이 있었다고 지목한다. 대과의 장원급제자가 요직을 거치는 건 관행으로 생각한다 치더라도, 심의겸의 도움 없이는 청요직에 두루 오를 수 없었다는 게 그들의 주장이었다.

특히나 이조좌랑과 병조좌랑은 각각 이조와 병조의 인사권을 쥔 요직이었다. 누구나 탐낼 수밖에 없는 자리였다. 이조좌랑의 경우 선조(14대) 연간에 동인東人의 김효원이 자리에 앉게 되면서, 동서 분당의 직접적 원인이 되었을 만큼 요직 중의 요직이었다.

그러나 베옷을 벗고 용문에 오른 벅찬 가슴도 잠깐이었다. 예상한 것처럼 부푼 꿈을 안고 출사한 그의 앞엔 꽃길만이 열렸던 건 아니다. 무엇보다 적폐가 시작부터 율곡의 발목을 잡았다. 백성들이 곤궁한 처지에서 헤어날 길이 보이지 않았다.

같은 해 섣달, 율곡은 부친의 유산을 분배받았다. 부친 이원수가 고향 파주에 남긴 유산을 서모庶母와 7남매가 함께 모여 논의한 끝에 공동으로 분배했다. 그가 분배받은 유산은 노비 15명(사내종 7명, 여자종 8명), 논 0.15결結, 밭 0.19결結이었다. 토지 1결의 면적이 곡식 300두(1두는 8kg)를 생산할 수 있는 면적으로, 그는 세 누이보다 유산을 적게 받았다. 정6품의 벼슬살이를 시작한 데다, 일찍이 외할머니로부터 서울 집을 유산으로 물려받았기 때문에 양보한 것이 아닌가 싶다.

벼슬길에 오른 지 3년 차가 되는 해(1566년) 여름, 율곡은 이조좌랑으로 자리를 옮겨 앉게 된다. 이듬해엔 좌의정(정1품) 심통원으로 말미암아 세상이 온통 시끄러웠다. 20여 년 동안이나 권력을 휘둘렀던 문정왕후의 남동생인 윤원형과 왕의 외척인 심통원이 함께 권력을 남용하여 원성이 높았다. 6조曹의 낭관(정랑과 좌랑의 직책)들이 모두 연합하여 심통원을 탄핵하는 상소문을 올렸다.

'6조의 낭관이 심통원을 논하는 상소문'은 율곡이 한 해 전에 올린 '윤원형을 논박하는 상소문'과 성격이 다르지 않았다. 다만 이번의 상소는 개인이 아닌 6조의 낭관들이 함께 연합하여 올린 것이었다. 당시 6조의 낭관은 이산해(훗날 영의정), 황윤길(훗날 병조판서), 김효원(훗날 이조판서), 황정욱(훗날 예조판서), 이경명(훗날 동래도호부사) 등 당대에 내로라하는 신예들이었다.

한데 6조의 낭관들은 모두가 율곡에게 상소문을 짓게 했다. 율곡은 이번에도 마다하지 않았다. 썩은 환부를 도려내는 개혁을 위해 기꺼이 붓을 들었다.

같은 해(1567) 선조가 새 임금이 되었다. 명종에게는 후사가 없었기 때문에 중종(11대)의 후궁 창빈昌嬪 안씨의 소생인 덕흥대원군의 셋째 아들이 새 임금으로 등극케 된 것이다.

중국 가는 길 6,800리

새 군주 선조는 사림을 가까이했다. 성리학을 장려하고, 사림을 널리 등용했다. 스스로 학문에 힘써 임금과 대신들이 함께 자리하는 경연에서 율곡, 성혼 등의 유학자들과 경사經史를 두루 토론하고는 했다.

선조는 약점이 많은 군주였다. 조선왕조에서 세자를 거치지 않은, 곧 적통이 아닌 방계 출신으로 왕위에 오른 첫 번째 임금이었다. 이에 따라 군신공치君臣共治의 정치 지형에서 아무래도 왕권王權보다는 신권臣權에 무게가 더 실렸다. 더구나 새 군주는 나이조차 어려 신하들의 눈치를 살피지 않을 수 없었다.

16세의 선조는 32세의 율곡을 눈여겨보았다. 남다른

학문의 깊이와 개혁을 향한 의지, 굴하지 않는 꿋꿋한 청렴성에 주시했다. 율곡의 말이라면 모두 옳게 받아들여 귀를 기울였다.

율곡 또한 선조가 등극하자 새로운 기대에 부풀었다. 이제야말로 권력의 횡포를 부리던 훈신과 외척들이 모두 제거되고, 사림이 꿈꾸는 왕도정치가 꽃피우게 되리라 생각했다.

첫 승차의 기쁨도 누렸다. 출사한 지 4년째인 선조 1년(1568)에, 사헌부 지평(정5품)에 제수되었다. 종5품을 건너뛰어 정5품의 품계에 올랐다.

같은 해 여름, 명나라 황실의 황태자 탄생을 축하하는 천추사千秋使를 보내게 되었다. 그가 천추사의 서장관書狀官으로 발탁되었다. 조선왕조를 대표하는 문장가로 선발된 셈이다.

한데 무슨 연유에서인지 명나라의 도읍인 북경까지 오가는 머나먼 길에 마땅히 남겼어야 할 그의 글이 없다. 2백여 년 뒤 연암燕巖 박지원이 남긴 『열하일기熱河日記』와 같은 기행 산문이라도 남겼더라면, 연암과 함께 당대

대류의 속살을 비교해볼 수 있는 또 다른 잣대가 될 수도 있었을 텐데『율곡전서』의 어디에서도 찾아볼 수가 없다. 다른 이도 아닌 율곡이었기에 더더욱 아쉽다.

다만 몇 편의 시가『율곡전서』에 남아 있어 당시의 자취를 엿보게 한다.

먼저 5월 하순경에 도성을 출발하여 평양을 거쳤다. 평양을 지나 의주에서 배를 타고 압록강을 건넜다. 국경을 넘어 비로소 중국 땅을 바라보게 된다. 율곡은 '압록강의 배 위에서 의주 목사 곽경고와 작별하다'라는 시를 남긴다.

기나긴 성벽에 변방의 비 그치고

희뿌연 강물 만 리나 넓어라

술독 놓고 가는 사람 이별할 때

난주蘭舟 타고 뱃노래 부르네…

아득타 여기서 연산(북경을 가리킴)의 거리 얼마나 될까

석양에 조금쯤 보일락말락

천추사 일행은 중국의 산해관山海關 인근에서 만리장성을 바라보며, 지금의 하북성 무녕에 이르렀다. 그때 마침 명나라 황제 목종穆宗을 알현하고 조선으로 돌아오던 사은사謝恩使 전 우찬성(종1품) 정응두丁應斗 일행과 반갑게 조우했다. 하지만 오는 이나 가는 이 누구도 지체할 수 없는 길이었다. 율곡은 '사은사를 만나 회포를 나누고 곧 헤어지다'라는 시를 남긴다.

서쪽 길 4천 리엔

아는 이 전혀 없이

회오리바람이 말머리에

먼지와 모래만이 어지러웠네

중국 땅에서 돌아오는 손님들

반갑게 손잡고 길가에 앉아

인사도 제대로 나누지 못한 채

머나먼 길 그만 재촉하니

어이 견디랴 손님이 된 지금

고국으로 가는 이를 보내는 심정을

가슴속에 차오르는 이 시름

구름은 암담하고 들판은 푸른데

꿈속에 외로워 보이는 집사람

한번 작별한 뒤 소식이 없기에

그대 편에 안부 전하여

서로 그리던 정 달래 보려 하네

북경으로 가는 3,400리(1리는 약 400m) 길은 험난했다. 땅이 워낙 넓어 표준어가 통하지 않는 지역이 많았는데다, 각 지방의 방언이 상당히 달랐다. 거기다 하필이면 혹염의 한여름이었다. 천추사 일행이 8월 초순에야 북경에 당도했으니 꼬박 3개월여가 소요되는, 멀고 먼 여정이었다.

천추사 일행은 명나라 황제 목종을 알현하고 황태자의 탄생을 경축했다. 자신들이 가져온 말과 특산물도 진상했다.

돌아오는 길 또한 험난하긴 마찬가지였다. 왕복 6,800리(약 2,720km)를 헤아리는 머나먼 길이었다. 기간도 꼭이 반년이나 걸리는 고단한 여로라서 흔히 오가는 길에 사절단 가운데 누군가 죽는 일마저 다반사였다. 결코 순탄한 여로가 아니었다. 그는 '북경 가는 길에 아우에게 부치다'라는 시를 남긴다.

가는 길이 삼천사백 리

오는 길도 삼천사백 리

가고 또 가야 할 길이 육천팔백 리

한 달, 한 달, 그렇게 여섯 달을 보내야 한다네

아우의 시골집은 한양에서도 또 천 리인 데다

헤어진 날은 이보다도 더 먼저였지

고국에서 사람이 와도 아우의 편지는 보이지 않아

머리만 긁으며 요해의 구름만을 바라보았네

외딴 성에서 목탁 소리에 잠 못 이루는데

오랑캐의 사냥불이 온 들판을 다오르네

한양의 눈보라 속에 그대는 올라왔는지

마주 앉아 얘기 나누던 일이 정녕 꿈만 같구나

다시 만날 때에는 새로이 얻은 것도 많을 테니

시나 학문을 논하며 남을 일깨워주게나

　그렇듯 반년여 만에 중국의 여정을 모두 마친 뒤 도성으로 돌아올 수 있었다. 그리고 한 달여쯤 있다 호조좌랑에 제수되었으나 율곡은 부임하지 않았다. 외할머니의 병환 소식을 들었다며 강릉으로 갔다.

　그는 왜 벼슬을 마다했을까? 왕명을 거부하면서까지 강릉으로 향했던 걸까?

　혹여 대륙 문명을 접하고 돌아온 자신의 감회를 책으로 남기기 위해서가 아니었을까? 새로운 대륙 문명을 접한 신선한 충격이 결코 없지 않았을 터. 적어도 자신의 사상 편력에 또 다른 근육이 생겨났을 건 너무도 자명했다.

　한데도 세상일에 도무지 마음이 없었던 것일까? 강릉에 머무는 동안에도 따로 남긴 글은 일절 없었다. 단편적인 시조차 찾아보기 어려웠다.

　그렇더라도 왕명의 거부는 왕조사회에선 있을 수 없는 일이었다. 당장 사간원이 나섰다. 호조좌랑으로 부임하지 않은 그를 파직할 것을 직간했다.

선조는 율곡을 처벌하지 않았다. 외할머니에 대한 효행을 들먹일 뿐, 임금의 부름을 외면했다는 직간을 애써 들으려 하지 않았다.

때때로 일어난 변란에 대해 답하다

천추사 일행으로 중국을 다녀온 율곡은, 왕명마저 거역한 채 벼슬을 내려놓고 낙향했다. 강릉에 머문 7개월여 동안 이런저런 생각에 잠겼을 것으로 추측된다.

그중에서 백성들이 고통받고 있는 문제가 빠질 리 만무했다. 조선왕조나 중국 대륙이 다를 것이란 없었다. 크게는 국가의 적폐를 청산하지 못해서이고, 작게는 벼슬아치들의 횡포에 있다고 보았다. 개혁이 시급하다는 생각이 어느 때보다 확고해졌으리라. '일상의 궁핍을 면하기 위해 나라의 녹을 먹고자 택한 벼슬길'이었으나 결코 꽃길이 될 수 없음을 자각한 시간이었다.

결국 이듬해 강릉에서 한성으로 돌아왔다. 34세 때인

선조 2년(1569)에는 홍문관 교리(정5품)에 제수되어 조정으로 복귀했다.

홍문관은 임금의 자문 기관이었다. 경연經筵을 겸직하기에 임금을 수시로 대할 수 있었다.

그가 조정으로 복귀한 것은 당대의 상황과도 전혀 무관하지 않았다. 갑작스러운 명종의 승하에 이은 어린 선조의 즉위, 더군다나 정권이 교체되는 직전과 직후의 혼란기에 때 아닌 천재天災와 변란變亂까지 연이어지는 불안한 시대에 직면했다. 그 기록이 『선조실록』에 있다.

지금의 천재는 물론 때때로 일어난 변란은 일찍이 볼 수 없었던 현상입니다. 때문에 백성들이 두려워 떨며 다시 또 무슨 일이 있을지 몰라 전전긍긍하고 있습니다. 전하를 위해 헤아려 보건대, 어서 널리 좋은 계책을 구하여 시대를 구제하는 데 급급하셔야만 합니다. 팔짱만을 깊숙이 끼고서 아무 일도 하지 않으신다면 아니 될 것입니다. 선왕(명종)께서 2백 년 종묘사직을 전하께 부탁하셨는데, 전하께서는 그 우환을 받으신 것인지 마냥 태평세월을 이어받으신 것이 아닙니다. 지금 2백 년 종묘

사직이 날로 위태로워지고 있는데 전하께서는 어찌 크게 떨쳐 일으킬 생각을 하지 않으십니까…?

여기서 '지금의 천재'란 다른 게 아니었다. 『선조실록』 으로 본 당시의 시대 상황을 살펴보면 대략 이렇다.

1567년 6월 28일 - 명종이 승하하다.

같은 해 7월 3일 - 선조가 16세에 즉위하다.

1568년 2월 1일 - 해 주위에 햇무리가 지다.

같은 해 2월 5일 - 황해도 곡산에 흰 무지개가 해를 꿰다.

같은 해 11월 1일 - 천둥이 치고, 8도에 지진이 일다.

1569년 8월 2일 - 오전에 돌연 태백성(금성)이 도성에 나타나 임금이 경악하다.

같은 해 8월 6일 - 태백성이 5~6일 동안이나 계속해서 나타나다.

'때때로 일어난 변란'이란 것도 딴 게 아니었다. 율곡이 출생한 전후에 일어난 중대 사건들을 열거해보면 대략 이렇다.

1506년 중종반정中宗反正 – 연산군을 폐위시키고 새 임금으로 중종이 즉위하다.

1519년 기묘사화己卯士禍 – 훈구 세력이 사림 세력을 척살하는 피바람을 불러오다.

1545년 을사사화乙巳士禍 – 중종의 왕위 계승 문제로 또다시 사화가 일어나다.

1555년 을묘왜란乙卯倭亂 – 왜구가 전함 60여 척으로 전라도 일대를 침략하다.

1559년 임꺽정의 반란 - 임꺽정이 반란을 일으켜 황해도 지역에서 3년여 동안 소란을 일으키다.

마침내 조정으로 복귀한 같은 해 여름, 율곡은 경연에서『맹자』를 강론할 기회가 찾아왔다. 이 자리에서『맹자』를 강론하며 아울러 성학(왕의 통치하)을 강조했다. 당장 임금부터 개혁에 나서라고 서슴없이 촉구했다. 다음은『선조실록』의 기록이다.

홍문관 교리 이이가 경연에서 『맹자』를 진강하면서 아뢰기를, "세대마다 각기 숭상하는 시대의 흐름이 있었습니다. 전국시대戰國時代에 숭상한 시대의 흐름은 나라를 부강케 하고 군사를 키우게 하는 것에 있었으므로, 전쟁에 이기고 공략하여 빼앗는 데 그쳤습니다. 서한西漢 때의 순후한 풍조라든가, 동한東漢 때의 절의絶義, 서진西晉 때의 청담淸談 등 또한 모두 한 시대를 반영한 시대의 흐름이었습니다. 임금으로서 한 시대의 흐름이 어떠한 것인지를 살펴 그러한 흐름이 잘못되었다면 마땅히 폐단을 바로 잡아야 할 것입니다. 오늘날도 다르지 않습니다. 권세 있는 간신들이 국정을 마음대로 처리한 걸 이어받아, 선비의 습속이 쇠약하고 나태해져 한갓 녹봉이나 받아먹고 자기 한 몸이나 살찌울 줄만 알았지. 임금께 충성하고 나라를 사랑하는 마음은 찾아볼 수 없습니다. 설령 뜻을 가진 이가 한두 사람 있더라도 모두가 시속時俗에 구애되어, 감히 올바른 힘을 발휘하여 나라의 기운을 떨치지 못하고 있습니다. 시속의 풍조가 이러하니 임금께선 마땅히 일을 크게 성취시키겠다는 뜻을 보다 분발하시어, 선비의 기풍부터 진작시킨 뒤에야 세도世道를 변화시킬 수 있을 것입니다…"라고 하였다.

진강이 끝나자 이이가 나아가 아뢰기를, "임금이 다스리려고 하지 않는다면 그만이겠으나, 만약 다스리고자 한다면 반드시 먼저 학문부터 공을 쏟아야만 합니다. …〈중략〉…

바라옵건대 전하께서는 크게 성취하시겠다는 뜻을 분발하시어 도학道學에 마음을 두고 선한 정치를 강구하시어 장차 삼대三代의 도를 일으키려고 한다는 것을 백성들이 훤히 알게 하소서. 그런 뒤에 뭇 신하들의 선악을 자세히 살피시어 임금께 충성하고 나라를 사랑하는 자들을 가려내어 그들과 함께 나랏일을 하시고, 아무런 뜻도 없이 그저 녹봉만을 탐하는 자들에겐 큰 직책에 외람되이 있지 못하게 하심으로써 발탁함이 타당성을 얻고 인물과 자리가 서로 걸맞게 된다면, 경세제민하는 선비들로서 소용이 되는 자가 등장하여 반드시 나라의 일이 제대로 될 수 있을 것입니다. 전하께서 진실로 다스리는 데 뜻을 두신다면, 보통 사람의 말도 임금의 덕에 보탬이 될 수 있습니다. 만약 전하께서 하는 일 없이 다만 세월을 보내면서 형식만을 일삼는다면, 비록 공자와 맹자가 좌우에 있으면서 날마다 도리를 논한다 하더라도 또 무슨 유익함이 있겠습니까?" 하였다.

그는 시대의 상황이 위태롭게 되었다는 걸 새 군주에게 이해시키고자 했다. 더불어 적폐를 개혁하겠다는 의지를 촉구하면서, 진정으로 다스리고자 한다면 왕의 통치 학문인 성학을 먼저 닦아 새로운 정치 질서를 확립하라고 간청했다.

18세의 어린 임금은 쉬 결단을 내리지 못한다. 재위한 지 2년이 되어간다지만 첫 해엔 사실상 실권이 주어지지 않았다. 이제 막 첫 해를 보내고 있는 것이나 다름이 없었다. 더욱이 선조는 처음으로 적통이 아닌 방계 출신으로 왕위에 오른 군주였다. 군신공치의 정치 지형에서 왕권보다는 신권에 무게가 더 실려 있었다. 경험이 일천한 어린 군주로선 원로대신들의 눈치도 살피지 않을 수 없었던 것이다.

진유眞儒의 길을 자신에게 묻다

　　같은 해(1569) 여름, 율곡은 짧은 휴가를 얻게 된다. 젊은 관료들 가운데 빼어난 선량을 선발해서, 잠시 직책을 떠나 6개월가량 공부할 수 있게 하는 사가독서賜暇讀書 제도였다. 율곡은 친구인 송강松江 정철 등과 함께 선발되어 '동호독서당'에 들어가 공부할 수 있게 되었다.

　　이때 그는 사가독서의 짧은 기간에 시간에 쫓겨 가며 「동호문답」을 저술했다. 앞서 경연에서 다스리고자 한다면 임금부터 공부하라고 촉구한 데 이어, 이번에는 책을 써 개혁을 간청하고 나섰다. 『선조수정실록』에 다음과 같은 기록이 있다.

홍문관 교리 이이가「동호문답」을 올렸다. 당시 호당湖堂에서 휴가를 얻어 독서하는 관료들이 거의 상례로 한 달여 동안 제술한 시문詩文을 지어 바치면, 대제학(정2품)이 등급을 매겨 과업에 힘쓰도록 권장하였다. 이이는 동호에 머물면서 삭과朔課로 수만 자에 달하는「동호문답」을 저술하여 올렸는데, 내용은 옛날과 지금의 군주와 신하 관계에서부터 국가의 치란治亂에 대해 논한 것이었다. 이어 지금의 경제정책에 이르기까지 조목별로 상세히 개진하고 있는데, 임금이 깊이 유의하여 살펴보았다⋯.

『선조실록』의 두 달여 뒤 기록에도 같은 내용이 담겨 있다.

이이가 독서당에서의 월제月製를 계기로 임금의 학문하는 방법과 다스리는 도리를 문답체로 진술하였는데,「동호문답」이라 하였다. 임금이 이이에게 묻기를 "「동호문답」에서 무슨 이유로 한漢 문제文帝를 일컬어 스스로 포기했다고 하였는가? 그 논의는 지나친 듯하다"라고 하였다. 그러자 이이가 이렇게 대답했다. "문제는 참으로 훌륭한 군주입니다. 한데 신이 그가 스스로 포기했다고 말하는 것은 나름 뜻이 있었습니다. 앞서 선비가 이르기를 만일 장차 1등의 일을 그만 딴 사람에게 양보해 버리고 2등의 일을 하겠다고 한다면, 이것은 곧 스스로 포기한 것이라고 하였습니다. 문제는 자질이 훌륭한 군주로서 한 나라의 도가 전성시대였던 때를 맞아 옛 시대를 회복할 수 있었음에도, 그 뜻이 높지 못해서 잡스러운 패도로 그치고 말았습니다. 그래서 신이 스스로 포기했다고 말한 것입니다."

「동호문답」은 손님이 묻고 주인이 답하는 독특한 대화체 형식을 띠고 있다. 형이상학의 사변철학이 아니라 당대의 정치 문제와 경제 문제를 실질적으로 다룬다. 시중에 나와 있는 번역본의 분량은 대개 2백여 쪽에 달한다.

그러나 「동호문답」에서 그가 주목한 부분은 정작 따로 있었다. 애써 강조하는 부분은 잘못된 법으로 말미암아 고통받는 백성들이었다. 임금의 통치도, 신하의 도리도, 왕조의 정치도, 시대의 당면 과제도 아닌, 결국 고통받는 백성들을 구하자는 데 모아진다. 다음은 「동호문답」에 들어 있는 문장이다.

아, 세상의 견해는 언제나 이와 다르지 않습니다. 이것은 한 가지 계책도 써보지 않고 가만 앉아서 망하기만을 기다리는 것과 다를 바 없습니다. 정자程子가 이르길, "백성들이 궁핍케 되면 비록 성왕의 법일지라도 바꿔야 한다"라고 하였습니다. 대저 법이란 오래 가면 으레 폐단이 생기는 것이고, 폐단이 생기면 마땅히 바꿔야 하는 것이니 『주역』에서도 "궁窮하면 변變하고, 변하면 통通한다"라고 하였습니다….

그는 잘못된 법이나 폐단으로 말미암아 백성들이 고통받고 있는 이유를 제도에서 찾았다. 특히 연산군(10대)대부터 내려온 다섯 가지 폐단을 지적했다.

– 어떤 사람이 부역賦役과 세금을 감당하지 못해 도망가면 그 친척이나 이웃 사람에게 덮어씌워 부담시키는 것(일족 절린의 폐단).
– 지역의 특산물을 진상하는 일이 너무 빈번한 것(진상 번

중의 폐단).

- 가난한 백성들이 부담하는 공물을 아전이 대신 납부해주고, 값 비싸게 징수하는 것(공물 방납의 폐단).

- 군역軍役과 요역徭役의 불공정한 것(역사 불균의 폐단).

- 관아의 아전들이 금품이나 물품을 강제로 요구하는 토색질(이서 주구의 폐단).

아울러 다섯 가지 폐단을 없애기 위해 당장 법부터 고칠 것을 주문한다. 제아무리 지엄한 국법이라 할지라도, 나라의 바탕이 되는 백성들을 위해서라면 때에 따라 변통하여 고침으로써, 백성들을 구하는 것이 올바른 시의時宜라고 주장한다.

그의 변통은『주역』의 계사繫辭 하편을 근거했다. '궁하면 변하고, 변하면 통하며, 통하면 오래하리라'는 논리에 바탕을 두었다.

일찍이 보지 못한, 홍문관 교리(정5품)에 불과한 34세 젊은 관료의 저항정신과 굴하지 않는 개혁에 대한 의지였다. 고통받는 백성들을 구하라는 외침은 조야에 신선한 충격을 주는 일이 아닐 수 없었다.

선조는 그의 직간에 관심을 가졌다. 「동호문답」의 내용을 묻기도 했다.

하지만 개혁에는 미온적이었다. 자신은 요순堯舜의 성현과 같은 자질과 역량을 갖추지 못했는데 어떻게 이상적인 정치를 펼 수 있겠느냐며 번번이 비켜섰다. 소란스러운 개혁보다는 국정의 안정에 몰두한다는 태도에서 벗어나지 않았다. 그의 직간을 선뜻 받아들이기엔 감당이 되지 않아, 때로는 과격하다며 물리치기도 했다.

율곡은 '개혁 의지가 없는 임금을 버려야 할지, 아니면 끝까지 설득해 성군을 만들어나가야 할지' 고심한다. 과연 어느 것이 '진유眞儒의 길'일지에 대한 고민이 깊어갔다.

그는 조정에서 물러나 퇴역한 대학자 퇴계에게 묻기도 했다. 안동의 도산서원으로 편지를 띄어 조언을 구했다. 퇴계는 "돌아갈 (재물)구업이 없거든 (벼슬에서) 물러나지 마라"라고 만류한다. '벼슬을 하되 배운 것을 저버리지 말것'을 충고했다.

그러나 이 무렵 율곡의 마음에 이미 은둔에 대한 유혹
도 자리 잡기 시작한 듯하다. 다음은 같은 해에 쓴 「청학
산을 유람하면서 지은 기행문」의 일부다.

…말에서 내려 쉬는데, 계곡 위에는 초가를 지을 만한 언덕
이 있었다. 내가 외숙을 보고 말하기를 "만약 몇 칸의 띠집茅
屋을 이 언덕 위에 지으면 숨어 지낼 만한 곳이 될 듯합니다"라
고 하였다…. 고개 밑에 펼쳐진 들판은 사방 3~4리쯤 되어 보
였다. 여러 봉우리는 초록빛으로 싸이고 한 시내에 푸른빛이 둘
렸으며, 차가운 바위가 뻗어나고 키 큰 나무들이 울창한 가운
데, 한 채의 초가가 있는데 울타리가 쓸쓸하여 마치 은자의 집
과 같았고, 통나무를 쪼개 홍통을 만들어 물을 받아서 물방아
를 만들었다. 우리 일행은 두루 배회하며 둘러보는 사이에 문
득 세속을 떠나고 싶은 생각이 들었다….

3장

허물어져 내리는
왕조의 기왓장

같은 사안으로 마흔한 번 상소를 올리다

선조는 여전히 미온적이었다. 사가독서의 짧은 휴가 때 「동호문답」까지 저술해 올리면서 명철하게 살펴줄 것을 주문했으나, 임금은 딴전을 부렸다. 자신은 자질과 역량을 갖지 못했다며 번번이 비켜났다. 소란스러운 개혁보다는 국정의 안정에 안주할 따름이었다. 때에 따라 법을 바꾸는 변통을 해서라도 고통받는 백성들을 구하라는 직간에 미적거리기만 했다.

율곡은 한 번 더 선조를 설득해본다. 같은 해(1569) 가을 연이어 상소를 올렸다. 이때 올린 두 편의 상소 역시 개혁을 통해 고통받는 백성들을 구하라는 호소였다. 먼저 '옥당(홍문관)에서 시대의 폐단을 논한다'는 상소문이다.

생각건대, 지금 나라의 형세를 비유하자면, 마치 만萬 칸을 헤아리는 큰 집이 여러 해가 지나도록 아무런 손길도 주지 않아 허물어지고 빗물이 새며, 대들보와 서까래는 좀이 슬어 썩어가고, 단청은 모두 벗겨졌으며, 임시로 받쳐주어 겨우 구차하게 아침저녁을 넘기고 있는 실정입니다. 만약 분연히 떨쳐 일어나 여러 가지 재목을 모으고 공인工人들을 불러 모아 새롭게 고치지 않는다면, 결국 대들보가 부셔지고 기왓장이 무너지는 날만을 손꼽아 헤아리게 될 것입니다…. 재난이란 스스로 생겨나는 것이 아닙니다. 요사스러운 일도 사람으로 말미암아 일어나는 것이니 결국 잘 대응하게 되면 화禍가 변하여 복福이 되겠지만, 잘못 대응하게 되면 온갖 재앙을 피하기 어려울 것입니다….

상소문은 자못 비관적이다. 오랜 누대에 걸친 적폐로 말미암아 왕조의 기왓장이 허물어지고 있다고 직시한다. 서둘러 개혁에 나서지 않는다면 재난을 면치 못할 거라고 경계한다.

뒤이어 '재앙을 없애는 다섯 가지 계책'이라는 상소문도 올렸다. 그가 휴직으로 벼슬을 내려놓은 채 강릉으로 떠나기 직전에 올린 것으로 보인다.

- 오랜 적폐를 개혁하여 지극 정성으로 백성들을 구할 것.
- 언로를 열어 바른 의견을 널리 구할 것.
- 외척은 물리치되 널리 인재를 구할 것.
- 변방을 지키는 장수를 엄격히 선발할 것.
- 을사사화 때 무고하게 죽은 자의 명예를 회복시키고, 간신들을 소탕하여 나라의 국기를 바로 세울 것.

이처럼 여러 달에 걸쳐 부단히 상소를 올렸다. 오래된 적폐를 청산해 고통받는 백성들을 구하라고 직간했다. 혹은 개인의 의견으로, 혹은 홍문관 관료들의 의지를 한데 모으기도 했다.

선조는 율곡의 상소를 외면했다. 임금의 마음을 돌이킬 수 없다고 생각한 그는, 외할머니의 병환을 돌보기 위해 강릉의 외가로 떠나야 했다. 그렇다고 선조에 대한 기대를 아주 저버린 건 아니었다. 34세의 율곡은 아직 젊고 패기에 차 있었다.

이듬해(1570) 4월, 선조는 강릉에 내려가 있던 율곡을 불러들였다. 홍문관 교리(정5품)에 제수했다. 선조에 대한 기대를 다시 품고서 조정으로 돌아왔다.

그리곤 전과 다름없이 옥당의 젊은 동료들과 뜻을 한데 모았다. 다시금 상소문을 쓰기 시작했다. '을사사화의 가짜 공훈功勳을 삭탈하라'는 상소문이었다.

이 상소는 홍문관의 동료들조차 선뜻 나서길 꺼려하는 금기였다. 기득권의 권력과 정면으로 부딪치는, 매우 예민한 상소였기 때문이다. 모두가 주저하던 금기가 그에 의해 깨진 것이다.

을사사화(1545)는 왕실의 후계 구도 때문에 벌어진 참사였다. 후계 구도를 둘러싸고 외척 간에 벌어진 끔찍한 권력 다툼이었다.

중종(11대)은 장경왕후 윤씨와의 사이에서 인종(12대)을 낳았고, 문정왕후 윤씨와의 사이에서 명종(13대)을 낳았다. 하지만 장경왕후 윤씨는 인종을 낳은 지 불과 7일

만에 세상을 떴다. 어린 인종은 계모인 문정왕후의 손에 자라야 했다. 한데 인종 역시 즉위한 지 여덟 달 만에 31세의 나이로 갑작스레 세상을 뜨고 말았다.

인종에 이어 11살 된, 어린 명종이 보위에 올랐다. 권력은 명종의 어머니인 문정왕후에게 돌아갔다.

을사사화는 어린 명종이 보위에 오른 해에 발생한 끔찍한 사화였다. 권력을 잡은, 명종의 외삼촌 윤원형尹元衡이 권력을 잃은 인종의 외삼촌 윤임尹任을 제거하는 과정에서 불거졌다. 같은 파평 윤씨 집안의 내부에서 벌어진 피비린내 나는 상잔이었다.

먼저 윤원형 일파는 윤임 일파가 역모를 꾸미고 있다고 무고했다. 윤임 일파는 꼼짝없이 궁지에 몰렸다. 모조리 죽임을 당해야 했다. 이때 죽임을 당한 자가 무려 100여 명에 달했다. 율곡이 9살이던 시절에 벌어진 사건이었다.

대저 올바른 정치권력이란 무엇인가? 나라의 공훈 또한 올바른 질서 위에 이뤄져야 하는 것이 아니겠는가? 반역을 꾸며낸 무리가 오히려 무고한 세력을 참살했는데도,

처형되기는커녕 되레 공훈을 인정받아 얼굴을 빳빳이 들고 다니는 일을 그는 도저히 묵과하지 못했다. 을사사화 때 공훈을 받아 득세한 관료들은 그저 도둑에 불과하며, 도덕성을 갖춘 정당한 관료라고 보지 않았다. 잘못된 역사를 바로 잡아 적폐를 청산해나가는 밑돌로 삼고자 한 것이다. 다음은 율곡이 올린 상소문이다.

생각건대, 반역이란 천하에 다시없는 대악大惡입니다. 따라서 그런 짓을 한 자는 반드시 처형되어야 마땅하며, 법률상으로도 도저히 용서할 수 없는 일입니다…. 올바른 자들은 죄명을 받았고, 흉악하고 간악한 무리는 나라를 보위하였다며 공훈을 받았습니다. 만백성은 감히 입을 열어 말은 못하지만, 원망하고 분노하는 기운이 하늘과 땅에 사무쳤습니다…. 대저 명종대왕께서는 공손하고 검소하시며 선비들을 가까이하셨고 덕을 잃은 일이 없었건만, 20여 년을 다스리는 동안 하늘의 뜻을 거슬리는 일도 적지 않아 이런저런 재변災變이 연이어지기도 하였습니다…. 이것은 과연 누가 자초한 것이었겠습니까? 가슴에 사무친 원한이 풀어지지 않아 화기和氣를 손상시키어 재해를 불러일으킴으로써 그같이 극도한 상황에 이르게 된 것이 아니겠습니까…? 전하께서 깊이 사려하고 결단을 내리시어…. 흉악하고 간악한 무리의 모든 관작官爵을 거두시고, 아울러 공훈을 깎아 종묘사직에 고하시고 온 나라를 개혁하게 하시옵소서….

이번에도 선조는 묵묵부답이었다. 일부러 선왕 때 벌어진 사건까지 들추어 정국의 안정을 깨뜨리고 싶지 않았다. 애써 못 들은 척 귀를 닫았다.

율곡도 이를 악물었다. 같은 사안을 두고 거듭해서 상소문을 올리고 또 반복해서 올렸다. 다음은 그중 일곱 번째로 올린 상소문의 일부다.

윤원형이 유언비어로 문정왕후를 미혹시키고, 또한 서찰을 날조하여 공의왕대비(인종의 왕비)를 무고하였던 것은 지금까지도 뭇 신하와 백성들의 뼈아픈 슬픔을 억누르지 못하는 일입니다…. 이언적李彦迪과 권발權撥은 모두 윤임 등을 구원해 주려던 이들입니다. 흉악한 무리가 이 둘을 공훈록에 수

록하였던 것은 이름 있는 선비를 이용하여 사람을 속이고자 함이었습니다…. 지금에 와서 보건대 하늘의 재해와 제철 아닌 변괴가 예전에 없었던 정도여서 온 나라가 흉흉하여 어찌할 바를 모를 지경입니다….

　　같은 사안을 두고 전례 없이 일곱 번씩이나 반복해서 줄기차게 상소를 올렸는데도 임금은 미온적이기만 했다. 상소에 따를 수 없다며 외면했다. 그도 물러서지 않았다. 이후에도 같은 사안의 상소를 끊임없이 올렸다. 열 번 찍어 안 넘어가는 나무가 없다던 시절에, 자그마치 마흔한 번째까지 잇대어 올렸다. 그 마지막인 마흔한 번째 상소문의 일부다.

　　돌아보건대, 을사년의 일은 모두 간사하고 흉악한 자들로 말미암아 비롯되었음에도 결국 선조先祖의 오점으로 남고 말았습니다. 지금 뭇 신하들이 피를 흘리며 부르짖는 것은 오로지 선왕을 위한 것일 따름입니다. 이익만을 추구하여 근원이 막히고 말며, 윤리가 땅에 떨어진다면 더는 나라를 부지할 수 없게 됩니다. 때문에 뭇 신하들이 굳게 마음먹고 극단적인 이론조차 벌리는 것은 다름 아닌 나라를 위한 것입니다…. 전하께서는 사물의 원리를 추구하여 이치를 밝히시고, 끝내 결단을 내리시어, 옳고 그름과 좋고 싫음이 모두 그 올바른 절도를 얻게 하신다면 이보다 더할 나위가 없을 것입니다….

선조는 끝내 허락지 않았다. 마흔한 번에 달하는 부단한 상소에도 꿈쩍하지 않았다.

선조로서도 어쩔 수 없는 선택이었다. 그의 상소를 받아들인다면 왕조가 가짜 공훈을 내린 걸 인정하는 꼴이었다. 그렇게 되면 선왕인 명종의 죄마저 인정하게 되는 것이었다. 더욱이 선조 또한 외척과 연관되어 있어 제 살을 깎아야 했다. 상소를 받아들이기엔 왕가의 부담이 클 수밖에 없는 사안이었다.

마침내 율곡은 36세 때인 선조 4년(1571), 심신이 지친 상태에서 그만 벼슬을 내려놓는다. 처가가 있는 황해도 해주로 낙향하고 말았다. 사직 이유로는 병환을 들었다.

선조 또한 껄끄러운 존재를 잠시 눈 바깥에 있게 할 필요가 있었다. 조정이 아닌 지방의 청주 목사로 부임케 했다. 비록 외관직이긴 하였으나 단숨에 3단계나 건너뛴, 일약 정3품으로의 승차였다.

그 또한 선조의 배려에 따르지 않을 수 없었다. 벼슬살이의 녹봉이 아니고선 당장의 경제적 궁핍에서 벗어나기 어려웠을뿐더러 선비로서 백성들을 직접 다스릴 수 있다는 점에서 마음이 움직였다.

율곡이 돌아오면 나라가 망하지 않는다

청주 목사를 사직하고 물러난 율곡은, 41세가 될 때까지 향리에 머물렀다. 적폐를 개혁하여 슬픈 가난으로 고통받는 백성들을 구하라는 외침이 공허해질 적마다 미련 없이 조정을 뒤로 한 채 향리로 떠나곤 했다. 젊은 임금은 그때마다 붙잡았지만 소용이 없었다.

선조는 서운했다. 자신을 쉽게 버리고 향리로 물러가거나, 곁에 있다 할지라도 곧잘 비판하는 태도가 야속했다. 경연에서 좌의정 박순朴淳이 그를 칭찬하며 물러나게 해선 안 된다고 말하자, 젊은 임금은 길게 한숨 지었다. "이이는 교만하고 과격한 것 같으니 인격이 더욱 성숙한 뒤에 쓰는 것도 해로울 것이 없을 것이오. 지금 그는 과인을 섬길 생각이 없는 것 같소. 허니 내가 어찌 억지로 머물게 할 수 있겠소?" 했다.

말은 그렇게 하면서도 선조는 율곡을 버릴 마음이 없었다. 황해도 관찰사 직을 마치고 돌아온 그에게 우부승지(정3품), 대사간, 이조참의에 이어 전라도 관찰사(종2품) 등을 잇달아 제수했다. 은퇴를 결심한 그는 임금의 소명을 모두 거절한 채 끝내 처가가 있는 황해도 해주로 떠나고 말았다.

그렇게 황해도 해주의 야두촌에 머문 지 3년째 되던 해였다(1578). 선조는 저술과 제자 기르는 일에 전념하고 있던 그를 또다시 대사간(정3품)에 제수했다. 율곡은 조정으로 돌아갈 마음이 없었다. 때마침 공의대비(12대 인종의 왕비)의 초상이 나서, 문상도 할 겸 일단 임금을 뵙고 사직하는 것이 도리라 생각하여 상경키로 했다.

그는 선조를 알현하고 사면을 청했다. 선조는 사직하지 말라고 했을 뿐 전과 달리 간곡히 만류하진 않았다. 사헌부 집의(종3품)였던, 그의 친구 송강松江 정철은 임금의 태도에 아쉬움을 나타냈다. '사직하지 말라'는 두 마디가 어찌 그리 간단한지 모르겠다며 혀끝을 찼다.

하지만 조정에 그가 모습을 드러냈다는 소식은 이목을 집중시키기에 충분했다. 지난 수년 동안 임금의 반복되는 소명에도 한사코 외면하던 그가 돌연상경하자 진퇴의 명분을 확인하고자 사람들이 모여들었다.

율곡은 그런 제신에게 "산림山林에 숨어 산다는 건 선비의 이상이 될 수 없다"라고 했다. 세상을 뒤로 한 채 자기 한 몸만 깨끗하게 유지하는 은거가 곧 선비의 이상은 아니라는 견해였다. 단지 다른 때와 달리 이번에는 왕실에 초상이 나 임금을 뵙고 감사함을 표하지 않을 수 없었다고 밝혔다.

한데도 붙잡는 제신이 많았다. 동서로 갈려 골이 깊어진 당쟁을 화해시켜줄 것을 바랐다. 토정土亭 이지함 같은 선비는 "율곡이 돌아오면 나라가 망하지 않는다"라고 했다.

서인들을 이끌고 있던 정철도 마찬가지였다. 지난날의 편파적 태도와 달리 이제는 화합하여 나아가고자 한다며 머물러줄 것을 간청했다.

그는 한숨지었다. 아직 어떤 결심도 서지 않은 데다, 더구나 뚜렷한 명분도 없이 벼슬길에 나아가는 것은 의義가 아니라며 오랜 친구의 간청을 받아들이지 않았다. 다만 정철이 지난날의 편협된 태도에서 벗어나 동서 양당을 함께 화합시키려 한다는 자세를 보며 적이 안도했다.

율곡은 한성을 떠나기 직전 정철에게 동서 화합을 거듭 부탁한 뒤, 마침내 한강 나루에서 황해도 해주로 향하는 배에 올랐다. 배가 강물 위로 미끄러져 들어가 점차 한성이 멀어지자, 다시는 돌아오지 않을 생각이었던 건지 만감이 교차한 듯 시 한 수를 짓는다.

바지런히 돌아다닌다 비방을 해도

달게 여길 수밖에는

내 본심은 산속에서

그대로 늙고 싶지는 않으니

나룻배 떠나면 남산이 멀어질 걸

차마 바라볼 수가 없어

사공더러 일렀지

돛을 올리지 말라고

임금은 두어 달을 넘기지 못했다. 율곡이 조정에 있어야 함을 뒤늦게야 깨달은 걸까? 그에게 다시 벼슬을 내린다. 대사간을 두 차례, 이조참의(정3품)를 한 차례 더 제수했다.

그는 모두 받아들이지 않았다. 자신이 출사할 수 없는 이유 네 가지를 들었다. 학문을 하였으나 실천이 없어 쓸모가 없다는 것, 때를 헤아리지 않고 조종祖宗의 법을 변통할 수 있다고 하였으나 소외된 점이 많았다는 것, 일을 피하지 않고 말을 함부로 하여 많은 제신으로부터 미움을 받아 고립되어 있다는 것, 마지막으로 몸에 병이 많아 도저히 직무를 감당할 수 없다는 것이었다.

해가 바뀌어 44세가 되었다. 그해(1579) 봄에도 임금의 부름이 또 있었다. 대사간의 소명이 있었으나 벼슬을 받아들일 수 없다며 상소문을 올렸다. 재주가 얕고 건강이 좋지 못해 대사간을 맡을 형편이 되지 못한다고 밝히는 한편, 임금의 소명에 응하지 못하는 죄를 줄여보고 싶다며 상소문을 이어나갔다.

상소문의 요지는 동서 붕당의 문제점과 타개책이었다. 요컨대 나라가 믿고 의지하는 건 곧 사림士林이었다. 따라서 사림이 성하고 화합하면 나라가 다스려지지만, 사림이 과격하고 분열되면 나라가 어지러워진다고 했다.

실례로 중국의 삼대(하, 은, 주)와 당·송나라 시대를 들었다. 삼대에선 사림이 화합했기에 치도가 이뤄졌으나, 당·송에 와선 서로 붕당했기 때문에 온갖 폐단이 생겼다. 실로 나라의 흥망이 붕당에 달려 있음을 지적했다.

그러면서 작금의 조정은 어떤지 묻는다. 당쟁의 시작점인 김효원(동인)과 심의겸(서인)의 사이에 원래 무슨 원수진 일이 있었던 게 아니라, 서로 악을 들추는 마음을 고집해서 돌려 생각할 줄 몰랐기 때문이라고 진단한다. 주변 사람들이 말을 만들고 이간하여 마침내 붕당의 조짐이 뚜렷해졌다고 진단했다.

지난해에 벌어졌던 일도 언급했다. 동인의 김성일(퇴계의 수제자)이 경연에서 탐관오리들이 뇌물을 받은 것에 대해 거론하였는데, 임금이 그런 자를 당장 대라고 다

그치자 김성일이 당황한 나머지 본뜻이 아니면서도 어쩔수 없이 서인 가운데 '삼윤(윤두수, 윤근수와 그들의 조카인 윤현)'의 이름을 댔다. 삼윤三尹은 졸지에 대사간의 탄핵을 받게 되었다. 동인의 김성일은 서인의 삼윤을 해하려고 한 것이 아니었는데도, 사람들은 아예 "본래의 뜻이 서인에 대한 공격에 있는 것이지, 뇌물을 조사하여 탄핵하자는 게 아니었다"라고 단정 지었다.

사람들이 이처럼 자꾸만 말을 만들고 편당하는 것을 넘어 서인은 사악한 무리이며 심의겸은 서인이라고 내몰았다. 율곡을 향해서도 '모호하게 둘 다 옳다 하여, 시비가 분명치 않으니 천하에 어찌 둘 다 옳고 둘 다 그른 것이 있겠느냐'며 비방과 공격을 멈추지 않고 있다고 지적했다.

나아가 서인을 이끌고 있는 정철을 조열朝列에 참석하지 못하게 하였을뿐더러 예조참판(종2품) 김계휘를 은퇴토록 했고, 한수韓脩라는 올곧은 선비조차 집 밖으로 나오지 못하게 만들었으니 어찌 한탄할 일이 아닌가 했다.

인심이 함께 옳다고 하는 것을 공론이라 하며, 그 공론의 소재를 국시國是라 일컫는다. 국시란 나라의 어떤 이가 굳이 꾀하지 않더라도 함께 옳다고 하는 것이니 이익으로 유혹하는 것도 아니요, 위엄으로써 두렵게 만드는 것도 아니면서, 삼척동자까지 다 옳을 걸 아는 것이 곧 국시가 아니겠는가.

그럼에도 작금의 국시는 주로 주장하는 자가 스스로 옳다 해도 사람마다 의견이 달라 합치되지 않고 있다. 율곡은 "도대체 동과 서로 갈라져 설령 동인을 군자라 하고 서인을 소인이라 한다 할지라도, 그것이 과연 민생에 어떤 도움이 된단 말인가"라고 통탄한다.

또한 이 같은 상소문을 공경대신들에게 논의하게 하여 옳다고 한다면 동서 붕당을 없애도록 하고, 그르다고 한다면 자신의 죄를 밝혀 부디 등용치 말 것을 주문했다. 마지막으로 자신의 상소가 추악한 비방으로 번질 줄 뻔히 알면서도, 나라의 두터운 은혜에 보답키 위해 충언하지 않을 수 없었다고 아퀴를 지었다.

그의 상소는 조정을 발칵 뒤집어놓았다. 자신이 예언한 대로 추악한 비방이 들끓는 가운데, 동인은 보름여 만에 돌격대장 격인 서애西厓 유성룡을 필두로 반론을 제기하고 나섰다.

유성룡은 "율곡의 사람됨이 천품고매하고 글을 많이 보았기에 배우지 않았다곤 할 수 없으나, 함양한 힘이 없어 언론과 처사에 경솔한 점이 많다. 아울러 지금의 상소도 이 같은 병통으로 인해서 망발을 한 것이다"라고 비난했다.

동인인 홍문관 부응교(종4품) 김우옹 또한 부정적 견해를 가지고 있었다. 나라를 걱정하는 충정은 이해할 수 있지만, 다만 장중하고 침밀沈密한 기상이 없다고 혹평했다.

이처럼 그의 상소는 혹독한 비난을 받았다. 동서 당쟁을 없애 화합시키고자 했던 그의 상소문은 땅바닥에 내던져졌다.

잔인했던 그해 여름

마흔넷이 되던 그해(1579) 여름은 유난히 잔인했다. 임금의 부름에 소명을 다하지 못해 죄를 줄여보고 싶다며 올린 상소가 화근이었다. 이미 봄부터 동인들로부터 매서운 비판을 받았던 그에게, 여름이 되자 또다시 시련이 겹쳐들었다. 상소는 원로대신인 우참찬(정2품) 백인걸이 올렸는데, 비난의 화살은 황해도 해주에 은거하고 있던 율곡에게 쏟아졌다.

백인걸이 올린 상소는 동서 붕당의 폐단을 중지시켜야 한다는 것이었다. 동서 붕당의 심각성을 나열한 뒤, 임금이 파당을 떠나 어질고 역량 있는 자라면 등용하고, 그렇지 않는 자라면 버리도록 진언했다.

공론에 대해서도 언급했다. "공론이란 나라의 원기가 아니겠는가. 조정에 공론이 있다면 그 나라는 다스려지나, 공론이 조정이 아닌 백성들 사이에 있다면 그 나라는 혼란해지며, 만일 상하에 모두 공론이 없다면 그 나라는 말해 무엇 하겠느냐'라고 전제했다.

한데 작금의 조정을 보고 있노라면 공론을 제대로 펴지 못하고 있으며, 그저 백성들 사이에서 답답함을 이기지 못해 시국의 옳고 그름을 논하는 자가 많아졌을 따름이라고 했다. 그렇다고 그들의 논의가 싫다고 막는다면 결국 진나라가 망해가는 길을 따르는 것이 아니겠느냐고 덧붙였다.

상소문 자체는 별로 문제될 게 없었다. 굳이 찾는다 해도 평소 백인걸이 시인의 손을 들어주고 있다는 것 정도였다.

문제는 상소문을 백인걸이 아닌 율곡이 대신 써주었다는 사실이다. 백인걸은 한 해 전에 벼슬을 내려놓고 은퇴한, 82세의 원로대신이었다. 나라를 걱정하는 충정에서 자신의 생각을 간절히 진술코자 하였으나, 연로한 데다 문장이 자신의 뜻에 미치지 못할까 우려한 나머지 그에게 부탁하여 수정토록 한 것이 발단이었다. 당연히 그의 주장이 상소문에 담겼을 것이라는 주장이었다.

이조판서(정2품) 이문형 등이 나섰다. 동인과 서인에 관하여 논의한 바가 어찌 상소문에서 그가 말한 뜻과 같을 수 있느냐고 따져 물었다.

본래 소탈하고 강직하기로 소문난 백인걸도 숨거나 물러서지 않았다. 동서 붕당의 폐단을 중지해야 한다는 논의는 율곡에게서 처음 나온 것이라며 반론을 폈다.

그렇잖아도 동서 붕당을 비판하는 상소문 가운데, 동인을 꾸짖는 부분이 없지 않았다. 유성룡, 이발 등의 동인들이 부글부글 끓고 있는데, 정작 사단은 엉뚱한 데서 벌어졌다.

송응형宋應洞은 당시 사간원 정언(정6품)이었다. 그가 흑심을 품었다. 이번 문제를 수면 위로 부각해 동인에게 잘 보이는 것이 자신의 출세에 도움이 되리라 판단했다. 율곡이 과연 어떤 목적으로 직접 진술하지 않고 대필을 해서 임금을 미혹하려 했느냐며 돌연 공격의 선봉에 섰다.

선조도 송응형의 주장을 틀리게 보지 않았다. "그런 식으로 남의 이름을 빌려 상소를 올린 건 참으로 해괴한 일이다"라고 훈수를 뒀다.

하지만 송응형의 주장은 폭넓은 지지를 얻지 못했다. 자신의 직속 상관인 대사간(정3품) 권덕여부터 그의 주장을 받아들일 수 없다는 태도를 보였다.

조정에 소동이 일자 이산해, 이발 등이 사태 수습에 나섰다. 율곡의 대필에 불만이 없지 않으나 사태를 좀 더 정확하게 살펴볼 필요가 있다는 태도를 보인 데 이어, 동인 가운데서도 온건한 태도를 취해온 김우옹마저 송응형을 비난하자 선조가 발을 뺐다. 백인걸을 직접 만나고 온 이조판서 이문형을 불러 시실을 확인했다.

이문형 역시 한결 부드러워진 터였다. 백인걸이 상소의 내용을 율곡과 통했다는 말을 했을 뿐이라고 말하여 사태의 진상이 어느 정도 드러나게 되었다.

게다가 백인걸조차 조정의 소동을 전해 듣고 황급히 붓을 들었다. 사태의 전후 사정을 상세히 고하는 상소를 올렸다. 율곡이 자신의 상소문을 일부 수정하고 윤색한 것은 사실이라고 밝혔다. 그러나 그러한 일은 과거 송나라 때도 있었던 터라 크게 잘못된 것으로 생각지 않았을 뿐더러 주위 사람들에게조차 그러한 사실을 숨기지 않았다고 했다.

이어 "입으로 전하는 자마다 모두가 율곡이 신을 꾀어 상소했다고 하나, 신이 아무리 무상無狀한 자라 할지라도 어찌 신의 뜻이 아닌 남의 말만을 듣고 상소를 올렸겠느냐 했다. 늙은 신하가 죽음을 앞두고 감히 거짓으로 꾸며 임금을 속이려 했겠느냐"라고 거듭 부인했다.

이쯤 되자 선조도 사태의 전말을 정확히 알게 되었다. "경의 상소를 살펴보고 비로소 일의 전말을 알았으니 경은 마땅히 안심하라"라는 비답을 내렸다.

사실 별것 아닌 일이 이토록 평지풍파를 일으키게 된 건 송응형의 흑심 때문이었다. 또 그런 와중에 흑백의 숨은 속내가 여실히 드러나기도 했다.

그중 한 사람이 동부승지(정3품) 허진이었다. 원래 그는 율곡을 가까이서 추종하던 친구였다. 한데 상소 문제가 불거지자, 재빨리 세력이 강한 동인으로 노선을 갈아 탔다. 율곡을 감싸는 대신 돌연 공격의 선봉에 섰다.

심지어 허진은 봄철에 율곡이 올려 이미 동인들로부터 매서운 비판을 받았던 상소까지 다시금 들먹였다. 모든 것이 율곡의 숨은 저의에서 나온 거라고 단정한 뒤, 도성엔 올라오지도 않으면서 집안에 편히 드러누워 상소를 올리는 행태는 신하의 본분이 아니라고 목청을 높였다.

선조도 처음에는 허진의 말에 솔깃했다. 그간 율곡에게 여러 차례 소명을 내렸는데도 번번이 사의만을 반복해 온 터라 허진의 지적이 그럴싸하게 들렸다.

그래선지 허진을 승지로 직위를 올렸다. 사람들은 "허진이 친구를 해치고 발신發身하였다"라며 더럽게 여겼다.

물론 오래지 않아 허진은 사헌부의 탄핵을 받았다. 자신도 부끄러웠던지 그만 벼슬을 내려놓았다.

반면에 전 형조참의(정3품) 구봉령 같은 이도 없지 않았다. 율곡이 위기에 내몰렸을 적에도 한결같이 우의를 지켰다.

구봉령은 치아가 좋지 못했다. 그가 상소문을 대필했다는 이유로 조정이 시끄러울 때에도 극심한 치통에 시달리고 있었다.

한데도 율곡을 위해 분연히 나섰다. 동서 붕당의 폐단을 중지시키자는 것이 무슨 잘못이며, 예부터 상소를 대리로 쓴 사례가 적지 않은데 그게 무슨 잘못이 되느냐며 유성룡에게 편지를 띄웠다.

한편 영의정(정1품) 노수신도 나섰다. 송응형이 그를 공격하는데 바깥의 여론은 어떤지, 전의감典醫監 훈도訓導(종9품) 박형朴泂에게 살피게 했다. 박형이 전하길 "제 문하의 학도가 삼사백 명은 족히 되는데, 그들에게 물어보니 단 한 사람도 이모李某(율곡을 일컬음)가 군자가 아니라고 말하는 자가 없다"라고 했다.

그렇게 사태는 겨우 일단락되었다. 임금도 사연을 속속들이 알게 된 데다, 박순·노수신 등 정승들마저 나섰다. 율곡을 군자로 일컬으며 변호하면서 소란이 멈추었다. 마흔넷, 율곡에겐 참으로 잔인한 여름이었다.

이처럼 41세 되던 해(1576) 2월 은퇴를 결심하고 관직에서 물러난 이후, 45세가 되도록 그는 줄곧 황해도 해주에 머물렀다. 만 4년여 동안 은거 생활을 이어나갔다.

그곳에서 평소 그가 꿈꾸어오던 향약을 청주에 이어 두 번째로 실천한다. 공간적 특수성을 고려하여 해주목을 중심으로, 혹은 최충崔沖을 모신 문헌서원을 중심으로, 또는 농촌을 중심으로 '서로 돕는' 사회 교육을 주도하는 한편 저술에도 전념했다.

그 외딴 곳에 방문객이 전혀 없지만은 않았다. 평소 가깝게 지내던 신응시(대사간), 황정욱(충청도 관찰사), 이해수(황해도 관찰사), 조헌(사헌부 감찰), 허봉(홍문관 교리), 이우직(도승지), 권용경(안악 훈도), 황윤길(황주 목사) 등 당대의 신예들이 더러 찾는가 하면, 공무를 띠고 지나는 길이거나 혹은 중국으로 떠나는 먼 사행길에도 식섭 찾거나 서신으로 종종 안부를 전해오곤 했다.

그렇대도 황해도 해주에서 4년여 동안 '싸리문에 찾는 손님이 없는' 은둔자로, 외로운 삶을 살았다. 산림거사山林居士로 은거하며 한가로이 거문고를 타고 『주역』이나 읽어야 했다.

율곡은 정녕 은퇴를 결심한 것인가? 과연 다시는 관직에 나아가지 않는단 말인가?

4장

대장간의
호미 장사꾼

쉰 명이 한데 모여 사는 대가족

임금이 여러 차례 벼슬을 내렸는데도 율곡은 번번이 거부했다. 처가가 있는 황해도 해주에서 은거했다. 그가 4년여 동안이나 은거한 건 두 가지 이유에서였다. 임금의 개혁 의지 부족과 동서 당쟁에 휘말리고 싶지 않아서였다.

이때 율곡은 가족을 모두 동반했다(1577). 지금의 기준으로 보면 도저히 이해하기 힘든 숫자였다. 당나라의 장공예張公藝라는 사람의 사례로서 9대를 한데 모아 살았다는 내용이 담긴『이륜행실二倫行實』을 읽으면서, "9대가 한 집안에 모여 산다는 건 분명 어려움이 따르겠지만, 그렇더라도 형제가 따로 떨어져 살아갈 순 없는 일이다"라며, 9살 때 부모형제가 함께 모여 사는 모습을 그림으로 그려놓고 감동을 감상하기도 했던 어릴 적 꿈을 끝내 이뤄냈다.

이때 동반한 가족은 율곡 부부, 첩과 서자, 아버지가 재취한 서모庶母였다. 또 먼저 세상은 뜬 맏형 이선의 가족과 함께 정확한 숫자는 몰라도 형제 및 조카들과 더불어 남녀 노복奴僕의 무리까지 합해 족히 쉰 명이 족히 넘는 -어떤 사료엔 100여 명- 대가족이었다.

이런 대규모 가족을 이끌기 위해 그는 송나라 재상인 사마광司馬光이 그랬던 것처럼, 매월 첫째 날과 그믐날이면 집에 마련한 사당에 참배하는 의식을 통해 가족정신을 고취시켰다. 아울러 가족의 화목을 위한 '함께 살아가기 위해 경계해야 할 말同居戒辭'을 짓고, 한데 모인 자리에서 읽도록 했다.

이 '동거계사'는 한문이 아닌 언문으로 작성되어, 남녀 노복의 가족도 읽을 수 있게 했다. 훗날 우암尤菴 송시열이 한역문을 붙인 데 이어, 4백 년 만에 언문본이 발굴되기도 했다. 대규모 가족이 함께 살아가기 위해 경계해야 할 말, 곧 '동거계사'는 8개 항목으로 나뉜다. 효도는 모든 행실의 근원이다, 제사는 정성껏 받들자, 형수를 받들자, 개인 재산을 두지 말자, 처와 첩 사이에 갈등이 없도록 하자, 어른을 받들자, 삼촌과 사촌을 사랑하고 노복을 때리지 말자, 집안이 모두 화목하자 등이었다.

그러나 그는 황해도 해주에서 가난하게 생활했다. 친가는 물론 외가조차 요샛말로 금수저였으나 벼슬길에 나서면서부터 그는 줄곧 흙수저였다. 가난의 티를 내어본 적이 없는 데다 언제 어느 때나 유쾌하고 재기 넘쳐 미처 주위에서 알지 못했으나, 출사 이후 평생 가난의 질곡에서 헤어나지 못했다. 아버지 이원수의 사망 이후 7남매가 유산을 분재할 적에도 세 누이보다 적게 받은 탓이기도 했으나, 벼슬을 하는 내내 청렴하고 결백하기민 했다.

그런 그에게 족히 쉰 명이 넘는 대규모 가족은 문제가 되지 않을 수 없었다. 그 많은 입을 먹여 살려야 한다는 건 이만저만 어려운 일이 아니었다. 그가 진퇴의 갈림길에서 속절없이 다시 관직에 나가곤 했던 것도, 딴은 녹봉을 받아야 생활이 보장될 수 있었던 이유도 없지 않았다.

한데 조선왕조의 관료들이 받는 나라의 녹봉이라야 그리 대단찮았다. 기껏 품위 유지조차 힘겨운 박봉 수준이었다.

녹봉은 우선 월급이 아닌, 봄·여름·가을·겨울 이렇게 분기별로 지급되었다. 서강西江의 광흥창에 가서 녹봉을 타오는데, 조선왕조의 법률서인『경국대전』에 따르면 종9품에서 정1품에 이르기까지 품계에 따라 18등급으로 차등해 지급했다.

예컨대 정7품은 연간 받는 녹봉의 수준이 곡물(720만 원)과 면포(700만 원)를 합하여 지금 돈으로 환산해서 연간 1,420만 원이었다. 육조의 판서(정2품)라 해봤자 쌀 54석, 보리 9석, 콩 18석, 면포 19필로 지금 돈으로 환산해서 연간 4,500만 원 정도였다. '일인지하 만인지상一人之下萬人之上'이라 일컫는, 조정의 최고 벼슬인 영의정(정1품)의 녹봉이 정7품보다 4배가량 많았다. 쌀 64석, 보리 10석, 콩 23석, 면포 21필로 지금 돈으로 환산해도 연간 5,600만 원을 넘지 않았다.

물론 그때의 물가와 지금의 물가는 현격한 차이가 있

다. 그때의 생활수준과 지금의 생활수준을 단순 비교할
수는 없다.

그렇더라도 조선왕조 관료들의 녹봉 수준은 생각만
큼 높지 않았다는 건 분명한 것 같다. 먹고 남을 만큼 풍족
하지는 못할 정도였다. 그나마 규정에 따라 지급되는 경
우보다 그렇지 못할 경우가 허다했을뿐더러 자신이 부리
는 노(남자)와 비(여자)에게도 삯료를 지급해야만 했다.

결국 조선왕조의 관료들의 경제생활에 녹봉은 큰 몫
이 되어주진 못했던 것 같다. 때문에 상인들과 결탁해서
뒷돈을 받거나 자신의 지위를 이용하여 벼슬을 파는 일
이 비일비재했다. 그도 아니면 스스로 청렴한 길을 택해
가난의 질곡에서 허덕이는 수밖에 다른 도리가 없었다.

하물며 율곡이 쉰 명이 넘는 대가족을 이끌고 황해도
해주에 머물 땐 이미 벼슬도 내려놓은 뒤였다. 녹봉마저
끊긴 지 오래인 데다, 어떻게든 먹여 살려야 할 입이 족히
쉰 명을 넘었으니 하루 한 끼만을 먹었다는 기록이 전혀
이상할 것도 없다.

그럴 때 황해도 재령 군수(정5품)로 와 있던, 율곡의 친

구 최립崔岦이 쌀 몇 석을 보내왔다. 굶주린 식구들에겐 희소식이 아닐 수 없었다.

율곡은 쌀을 받지 아니하고 그냥 돌려보냈다. 식구들은 의아해했다. 양식이 떨어져 당장 굶주리고 있는데, 친구가 보내준 쌀을 거절한 연유를 알지 못했다. 그의 대답은 분명했다.

국법에 뇌물贓罪을 받은 죄는 엄격하다. 주는 자도 받는 자도 처벌이 동일하다. 고을 사또에게 나라 곡식이 아니고 다른 물건이 없다. …최립은 어릴 적 벗이니 만일 자기 개인 곡식으로 구제해준다면 어찌 받지 않을 리가 있었겠느냐….

같은 시기, 이조판서(정2품)를 지낸 최황崔滉이 지나는 길에 율곡을 찾은 적이 있었다. 한데 차려진 밥상이 너무 보잘것없었다. 최황이 차마 젓가락을 대지 못한 채 "어떻게 이 같은 가난의 고통을 참아내시오?" 하고 묻자, 그는 "느지막이 먹으니 고통을 알지 못합니다"라고 했다.

아니 그 외딴 곳까지 애써 그를 보기 위해 찾아왔는데

도 밥상마저 내놓지 못한 때가 더 많았다. 양식이 떨어져 따뜻한 소반 위에 차 한 잔만을 내놓아야 하는 기막힌 날도 없지 않았다.

훗날 임진왜란(1592)이 일어났을 때 병조판서를 지낸 이항복의 『백사집白沙集』엔 율곡의 해주 생활에 대한 내용도 일부 담겨 있다. 그가 황해도 해주에 은거하고 있을 때 생활고를 해결하기 위해 대장간을 차리고 호미를 만들어 팔아 생계를 이었다는 기록이 전해지고 있다. 그가 황해도 해주에서 족히 쉰 명이 넘는 대규모 가족과 4년여 동안 은둔했던 시기에는 참으로 가난하기 짝이 없었음을 보여준다.

생활고 때문에 다시금 벼슬길에 나서다

선조 9년(1576) 율곡은 임금을 비롯해 여러 관료와의 줄다리기로 심신이 지쳐 그만 벼슬을 내려놓는다. 쉰 명에 넘는 대가족을 동반한 채 황해도 해주로 이주해 은거하게 된다.

그러나 은거가 선비의 이상은 아니었다. 그는 일찍이「은자隱者와 안연·민자건의 마음과 행적에 관한 의문」이라는 글에서, "삼태기를 메고 가는 사람이나, 장저長沮와 걸익桀溺과 같이 제 한 몸만을 깨끗이 하고 결연하게 세상을 잊어버린 것을 나는 잘한 짓이라 할 수 없다"라고 쓰고 있다. 은거하여 제 한 몸만을 깨끗하게 유지하는 일이 선비의 이상은 아니라고 한 것이다.

그런 이유에서일까? 선조 13년(1580) 가을, 해주에서 은거하고 있던 율곡은 임금의 간곡한 요청을 더는 외면하지 못한다. 당대의 가장 명망 있는 문신이 임명된다는 홍문관 부제학(정3품)에 제수하자 끝내 입궐하게 된다. 벼슬을 내려놓은 지 4년여 만이었다.

당시 율곡은 대장간에서 호미를 만들어 팔아 겨우 생계를 이어나갈 만큼 생활고에 부대꼈다. 다시 벼슬길에 오른 건 그 같은 생활고를 이기지 못한 측면도 없지 않았던 것으로 보인다.

선조로서도 동인 정파를 견제할 필요가 있었다. 날로 세력을 키워가는 동인을 견제하는 데 율곡처럼 청렴하고 강직한 인물도 달리 없었다. 그렇기에 지난 몇 해 동안 한사코 그를 조정에 불러들이고자 한 것이다.

같은 해 겨울엔 다시 대사간(정3품)에 제수되었다. 대사간은 언론을 주도하는 청직淸職이었다.

조정으로 돌아온 율곡은 여전히 강직했다. 적폐로 말미암아 고통받는 백성들을 구하라고 외쳤다. 임금이 분발하지 않으면 왕조의 기왓장이 허물어져 내린다고 경고

하면서, 어진 이들을 가까이할 것을 권고했다.

　해(1581)가 바뀌어 46세가 되었다. 같은 해 2월, 대사간으로 조강朝講에 나아가 『춘추』를 진강하는 자리에서 다시 한번 호소했다. 마치 머지않아 커다란 병란이라도 일어날 조짐을 예견하는 것 같은 직간이었다.

　지금 나랏일이 안으로 기강이 무너져 백관이 맡은 직분을 다하지 않고, 밖으로는 궁핍하고 재물이 바닥났습니다. 병력은 이미 허약하기 짝이 없습니다. 만일 무사히 지낸다면 혹 지탱할 수도 있겠으나, 만일 전쟁이라도 일어난다면 여지없이 무너져 내려 다시 구제할 계책일 없을 것입니다….

　'정사를 잘 닦아 변란을 방지하라'는 그의 호소가 받아들여지기라도 한 걸까? 같은 해 봄, 조정의 분위기가 일순 바뀌었다. 영의정 박순朴淳이 어진 이들을 조정으로 속속 불러들였다. 율곡의 30년 친구이자 재야 학자인 성혼 역시 임금의 부름을 받았다.

　이해엔 전국에 가뭄이 극심했다. 또다시 흉년이 예상

되었다. 벌써 몇 해째 흉년이 겹치면서 국고마저 바닥난 상태였다.

그는 이 같은 상황을 꿰뚫어보며 개혁을 추진하는 동력으로 삼고자 했다. 뜻이 맞는 관료들과 변통을 촉구하는 간략한 상소 서식의 차자를 선조에게 올렸다.

율곡은 차자에서 세금을 더 거둬들여 재정을 확충하는 방법은 잘못되었다고 질타했다. 백성들의 생활을 개선하여 안정을 기하는 것이 급선무라며, 오래전부터 주장해온 공안, 곧 세법을 개정하고 관찰사의 연임, 주현州縣의 합병 등을 진언했다.

우선 공안의 개정은 민가民家의 빈부와 전결(토지에 부과하는 세금)의 다소를 정확히 헤아리지 않고 부과시키고 있음을 지적했다. 아울러 지역의 토산물이 아닌 것을 바치게 하는 방납의 폐단마저 심각하다고 덧붙였다. 따라서 이 같은 공안을 해결하기 위해서는 전결을 헤아려 공평하게 부과해야 하며, 반드시 지역 토산물을 바치게 해야 한다고 주장했다.

관찰사(종2품)의 임기를 지금처럼 1년으로 하는 것은

너무 짧다고 했다. 고을의 백성들이 편안한지는 전적으로 고을 수령의 자질과 노력에 달려 있는데, 고을 수령을 감시할 관찰사의 임기가 너무 짧아 정사에 힘을 쏟지 못하기 때문이라고 분석했다. 이를 바로 잡기 위해서라도 관찰사가 가족을 동반하고 임지로 내려가 오래 살도록 해야 한다고 지적했다.

주현의 합병 목적은 백성들의 부역 부담을 줄이기 위함이었다. 작은 주현을 큰 주현에 합병하게 되면 그만큼 부역이 줄어들 수 있기 때문이다.

그러나 차자는 외면당했다. 변통을 촉구하는 그의 상소에 임금은 아무런 비답도 내리지 않았다.

5월에는 형조판서 윤의중, 전 경기도 관찰사 박근원 등을 각각 논핵했다. 논핵 사유로 윤의중은 부정 축재로 호남 제일의 갑부가 된 것을, 박근원은 피혐(질병을 핑계 삼음)으로 수릉관守陵官의 제수를 피하려 한다는 것을 들었다. 대사간으로서 당연한 직무를 수행했지만, 이는 훗날 그들이 율곡을 비방하고 탄핵하는 빌미가 되었다.

6월엔 승차하여 사헌부 대사헌(종2품)이 되었다. 관료들의 비리를 감찰하는 수장이 되었다.

한데 남명南冥 조식의 제자 정인홍(동인)이 사헌부 장령(정4품)에 제수되자, 심의겸의 파직을 요청하고 나섰다. 퇴계의 제자인데도 율곡을 추종하여 서인으로 분류된 심의겸은, 얼마 전 예조참판(종2품)에 이어 함경도 관찰사가 되면서 동인들로부터 미운털이 박힌 터였다.

사헌부 대사헌 율곡은 처음엔 동인의 손을 들어주었다. 정인홍의 견해가 옳다면서 심의겸의 파직을 요청했다.

그러다 정인홍이 심의겸의 문제를 윤두수, 윤근수, 정철에 대한 공격으로까지 확대하자 그의 비판이 옳지 않다고 지적했다. 정철은 청렴하고 강직한 사람이라며 비호하고 나섰다.

동인들도 가만있지 않았다. 사간원 정언(정6품) 윤승훈을 비롯한 삼사의 언관들이 율곡에 대한 비판을 거칠게 쏟아냈다.

보다 못한 영의정 박순이 혀끝을 끌끌 찼다. 사림의 유종儒宗인 율곡의 뜻을 깊이 헤아리지 못한 채 대단치도 않은 일로 비판만 쏟아내고 있다고 한탄했다. 마치 사슴을 쫓다 미처 태산을 보지 못한 것 같다며 우려했다.

같은 해 여름, 그는 선조의 분발을 다시금 촉구한다. 경연에서 이대로 개혁을 미루고만 있다간 나라를 보전할 수조차 없게 될 것이라고 우려했다.

같은 해 『선조실록』에는 율곡이 당대를 '중쇠기'로 규정한 말이 두 차례나 나온다. 마치 만 칸이나 되는 커다란 집이 오랫동안 수리를 하지 않아 금방이라도 허물어져 내릴 것 같다고 당대를 진단한 바 있다. 다시 그의 직간이다.

우리 조정이 나라를 세운 지 거의 2백여 년이 되었으니 이제 중쇠라 할 수 있습니다. 마치 노인이 원기가 쇠진해서 다시 일어날 수 없는 것과 다름이 없사옵니다. 허나 신에겐 망령된 계책이 있습니다. 바라건대 대신들과 상의해서 경제사經濟司를 설치하소서. 대신들로 하여금 통솔하게 하고, 사류 가운데 국정 현안을 잘 알고 나랏일에 마음 둔 자를 가려 뽑아, 모든 건의 사항을 모두 그 관청에 내려서 상의·확정하게 하여 잘못된 정치를 개혁해나간다면, 천심을 거의 돌이킬 수 있을 것입니다. 지금은 설령 공자와 맹자가 우리 곁에 있다 하더라도 재능을 발휘할 데가 없다면 무슨 보탬과 이익이 있겠습니까?

　　그는 한시바삐 개혁을 추진할 중심 기구로 '경제사經濟司'를 설치하자고 상소한다. 공정한 경제를 살려 도탄에 빠져 신음하는 백성들을 구하자고 제의했다. 갖가지 공납의 어려움을 덜어주기 위해 농민들에게 쌀로 공납을 받는 '대공수미법代貢收米法'도 간곡히 호소했다.

호조, 이조, 형조, 병조, 이조판서를 하다

선조 14년(1581) 율곡은 사헌부 대사헌(종2품)에 오른다. 마침내 같은 해 가을에는 호조판서(정2품)에 제수되었다. 과거 문과에 장원급제하여 출사한 지 꼭이 18년여 만이었다. 이후 율곡은 이조, 형조, 병조, 이조의 판서를 역임하게 된다.

우선 호판 율곡은 선조에게 다시 한번 직간한다. 중쇠기의 위태로움을 상기시키는 한편, 개혁을 추진할 중심 기구인 경제사經濟司의 설치를 또다시 건의했다.

그는 대신들에게 경제사를 통솔하게 하여, 이 기구에서 적폐를 개혁하고자 했다. 개혁이 끝나면 경제사는 종식되어도 좋은 임시 기구여도 상관없다고 덧붙였다.

영의정 박순은 호판 율곡의 제안에 찬성 의사를 밝혔다. 경제사 설치가 실현되는가 싶었다.

선조는 윤허하지 않았다. 모든 국사는 육조에서 각기 맡아 하게 되어 있으니 별도의 다른 기구가 필요치 않을 뿐더러 설령 별도의 다른 기구를 만든다 하더라도 이 일을 맡길 수 있는 마땅한 인재가 없으며, 자칫 정공도감正供都監과 같은 폐단이 생겨날 수도 있다고 우려했다.

정공도감은 일찍이 선조 3년(1570)에 영의정 이준경 등이 공물을 공평하게 징수키 위해 설치한 별도의 임시 기구였다. 하지만 아무런 성과도 거두지 못한 채 2년 뒤 폐지되었다. 그렇듯 실패한 별도의 기구를 다시 애써 만들 필요가 없다는 것이 선조의 뜻이었다.

율곡은 한숨지었다. 미온적 태도를 보이는 선조에게 다시 한번 호소했다.

전하께서는 부디 긍정하거나 부정하는 마음을 갖지 마시고, 여러 대신을 비롯하여 시무時務에 밝은 자와 시폐를 구제할 대책을 논의하여 정하시되, 개혁을 위주로 하시지도 말고,

그렇다고 보수를 위주로 하시지도 말며, 조종의 좋은 법이라면 마땅히 닦아 시행하시고, 근래의 법규로 백성들에게 해를 끼치는 것이면 고쳐 없애시고, 새로운 계책으로 나라를 이롭게 하고 백성을 살릴 수 있는 것이라면 반드시 강구하여 시행토록 하소서….

  선조는 끝내 개혁안을 받아들이지 않았다. 그렇다고 율곡을 멀리 내친 것도 아니었다. 더 많은 중책을 맡겨 그를 신임한다는 것을 보여주었다.

  한 달여 뒤, 호판 율곡에게 홍문관 대제학, 예문관 대제학, 지경연춘추관사, 지성균관사를 겸임하게 했다. 사관四館은 모두 정2품의 청요직이었다. "정승 10명이 죽은 대제학 1명에 미치지 못한다"라는 말이 있는, 전례를 찾아볼 수 없는 청요직의 겸직이 아닐 수 없었다. 대학자를 바라보는 선조의 신임이 그만큼 두터웠다.

  대학자 율곡 또한 사관을 모두 겸직하면서 자신의 면모를 다했다. 회재晦齋 이언적이 지은『대학장구보유大學章句補遺』의 후의後議를 짓고, 용암龍巖 박운이 지은『

격몽편擊蒙編』과 명나라 진건陣建이 지은『학부통변學蔀通辨』의 발문을 썼으며, 자신의「경연일기」를 마침내 완성했다. 율곡의「경연일기」는 명종 20년(1565)부터 선조 14년(1581)까지 16년여 동안, 자신이 경연에서 한 말과 들은 말을 모두 담는 한편, 중요 인물과 사건에 대한 의견까지 덧붙인 방대한 기록이다. 『왕조실록』에 나타나지 않은 내용이 다수 담겨 있어 당대의 정치 상황을 이해하는 데 중요 사료가 되고 있다.

해가 바뀌어 47세가 되던 선조 15년(1582) 정월, 그는 이조판서에 제수된다. 이조판서는 육조의 수장이요, 요직 중의 요직이었다. 관료라면 누구나 탐내는 선망의 자리였다.

그러나 사직을 청하는 상소를 세 번이나 했다. 문반文班의 인사를 총괄하는 추천 권한이 다름 아닌 이조 낭관에게 있다는 이유에서였다.

조선왕조의 관료 추천 권한은 의정부의 삼정승이 아닌 이조판서에게 있었다. 이판이 의정부의 삼정승보다 큰 권한을 누렸다. 이 같은 이판의 인사 전횡을 제어코자 삼사 관료의 추천 권한에 한해선 이판이 아닌 이조전랑에게 전권을 주었다.

율곡은 이 같은 이조전랑(정5품)의 전권이야말로 이조의 가장 큰 병폐라고 꼬집었다. 이판이 문반의 청선淸選을 전랑에게 맡긴 채 미관말직만을 임금에게 추천하는 임무를 맡으면서, 그것도 전후 사정을 살펴봄이 없이 청탁의 높고 낮음에 따라 경중이 가려지고 있다고 진단했다. 따라서 관료를 임명하는 데에만 주의를 기울인 나머지, 정작 관료들의 고과에 대해서는 무관심하여 관청의 기강이 무너지고 있다고 지적했다.

선조는 율곡의 사직을 허락하지 않았다. 이조낭관과의 충돌은 불을 보듯 뻔했다.

아니나 다를까. 이판 율곡은 자신의 신념에 따랐다. 잘못되어 가고 있는 조정의 풍토, 특히 당론에 따라 다툼이 일어나는 상황을 조정하고 해결해보겠다는 의지로 어질고 청렴한 자를 청직에 두루 추천했다. 학문이 높은 자는 대사성에 추천하고, 다스리는 재간이 있는 자는 지방의 고을 수령에 추천했다. 지방의 관찰사와 고을 수령을 더욱 엄중히 천거하여 백성들을 우선시했다.

이쯤 되자 그의 행보에 불만을 가진 세력이 가만있을 리 없었다. 인사권을 마음대로 휘두르고 있다며 일제히 몰아붙였다.

결국 그의 개혁안은 무산되었다. 잠시 뒷전으로 밀려났던 전랑의 횡포가 또다시 되살아나는 가운데 그는 병을 이유로 사직한다.

하지만 그가 문제 삼은 이조전랑의 추천 권한은 그로부터 160여 년이 지난 영조(21대) 연간에 마침내 폐지되고 만다. 그의 선견지명이 결코 틀리지 않았음이 입증된 셈이다.

율곡은 홍문관 대제학으로 조정에 복귀했다. 여름에는 형조판서로 제수되었고, 9월엔 다시 우찬성(종1품)으로 승차했다. 세 번이나 사직 상소를 했으나 끝내 허락지 않자 우찬성에 올랐다.

이때 세 번째 「만언봉사」를 올린다. 주벌(목을 베는 형벌)을 각오한 채 직간을 마다하지 않겠다는 배수진을 쳤다. 나라를 위망危亡으로 이끌고 있는 시폐가 여럿 있음을 적시하고, 반드시 이를 개혁할 것을 다시 한번 간곡히 호소했다.

율곡이 적시한 시폐는 크게 네 가지였다. 잘못된 시속時俗을 따르게 되면서 지켜야 할 도의가 무너지고 있는 것, 작록을 탐하는 자를 고스란히 먹여주는 데서 공적功績이 무너지고 있는 것, 쓸데없는 공론을 일으키는 데서 나랏일이 어지러워지고 있는 것, 적폐로 말미암아 백성들이 슬픈 가난으로 고통받고 있다는 것이었다.

이처럼 나라가 위망에 빠진 이유를 낱낱이 지적한 데이어, 눈길을 임금에게 보낸다. 아니 임금을 다그치고 있다는 표현이 옳을 것 같다. 정말이지 신하가 임금에게 이처럼 심한 말로 거침없이 몰아붙여도 괜찮을까 싶을 만큼 전에 볼 수 없는 거친 질책마저 마다하지 않는다.

전하께서는 오늘날 국가의 형세에 대해 의관衣冠만 정제하고 가만히 앉아 있더라도 끝내 나라를 보전할 수 있을 것이라 여기십니까? 아니면 마땅히 바로 잡아 구제하고 싶어도 그 대책을 모르고 계시는 것입니까? 그도 아니면 뜻이야 진즉 갖고 있지만, 어진 신하를 얻지 못하여 일을 추진하기 어렵다고 어기시는 것입니까? 그도 아니라면 나라가 흥하든 망하든 그저 천운에만 맡긴 채 아예 인재를 들이지 않으려고 하시는 것입니까…?

그는 곧 임금이 나라를 제대로 다스리지 못하고 있다고 말한다. 아울러 그 이유를 다음과 같이 짚었다.

전하께서는 도道를 중시하고 선비를 존중하는 정성이 지극하지 못하십니다. 그렇기 때문에 엄명을 내리고 거조擧措(행동거지)함에 있어 시속을 따르는 자를 좋아하고 심상치 않게 행동하는 자를 멀리하십니다. 곧은 절개가 있는 신하는 과격하다고 의심하고, 그저 입을 다물고 침묵하는 신하에게는 순후하다 여기며, 예부터 내려오는 도道를 이야기하면 다만 큰소리에 불과하다고 배척하십니다.

… 〈중략〉 …

때문에 선을 행하던 자는 기가 꺾이고, 악을 행하던 자는 기세를 부리는 것을 넘어 조금이라도 원칙을 지키고자 하는 자를 보면 명예를 얻으려고 한다고 손가락질을 하며, 세류世流에 한데 어울리면 천연스럽다 합니다. 그래서 교화가 무너지고 윤리가 상실된 것입니다….

나라의 위망이 오직 임금의 무책임에 있음을 역설한 그는 마지막으로 임금에게 묻는다. 아니 대책을 촉구한다.

지금 백성들은 흩어지고 군사는 쇠약하며 창고마다 양곡마저 고갈되었는데도, 임금의 은혜가 백성들에게 미치지 못하고 신의마저 여지없이 사라졌습니다. 이럴 때 혹시라도 외적이 변방을 침범하거나 도적이 반란을 일으킨다면 방어할 만한 병력도 없고, 먹을 만한 군량미도 없으며, 신의를 유지할 수도 없는데, 이 지경에 이르고야 만다면 전하께서는 어찌 대응하려 하십니까…?

목이 베이는 주벌을 각오한 채 붓을 든 그의「만언봉사」는 구구절절 간절했다. 왕조의 기왓장이 허물어져 내리고 있음을 더는 두고 볼 수 없다는 비통한 심정으로 기어이 입을 열었다.

경의 상소를 읽고 충성스러움을 알았다. 나 또한 새삼 마음을 가다듬고서 국사를 이끌고 싶으나, 너무 몽매하고 재주와 식견이 부족하여 지금까지 마음대로 되지 않았으니 생각해보면 한탄스러울 따름이다….

선조는 그의 세 번째 「만언봉사」를 상참(아침 조회)에서 신하들에게 내보이며 묻는다. "우찬성이 전부터 이런 논의를 해왔는데, 나는 매우 어렵다고 본다"라면서, 신하들에게 의견을 듣고자 했다. 하지만 어느 누구도 선뜻 입을 열지 않았다.

다만 사헌부 장령(정4품) 홍가신만이 입을 열었다. "이것(개혁)이야말로 지금 마땅히 해야 할 급무"라고 대답했다.

그러나 이튿날 홍문관 부제학(정3품) 유성룡이 짧은 형식의 상소문을 올렸다. 그는 율곡의 논의가 시의時

宜에 맞지 않는다는 극론을 폈다. 유성룡의 극론은 곧 동인 전체의 뜻이기도 했다. 율곡의 논의는 더는 언급되지 못했다.

그러자 홍가신이 유성룡에게 물었다. "공은 과연 개혁하는 것이 그르다고 여기는가?"

유성룡의 답변은 분명했다. "개혁은 옳은 일이다. 다만 율곡의 재주로 그 일을 해내지 못할까 염려될 뿐이다"라며 반대 의사를 밝혔다.

유성룡의 이 같은 답변엔 한 가지 의문이 든다. 개혁이 분명 옳은 일이고 율곡의 재주가 정녕 모자랄까 염려된다고 했으니, 자신이(동인 포함) 율곡과 협력해서 부족한 부분을 메우고 나섰으면 어땠을까? 그랬다면 매번 주저하고 망설이는 임금에게서조차 호응을 이끌어낼 수 있지 않았을까? 그랬더라면 미구에 닥칠 나라의 환란(임진왜란)도 미연에 막을 수 있지 않았을까? 유성룡의 생각이 왜 거기까지 미치지 못했는지 묻지 않을 수 없다.

5장

핍박 받은 천재,
끝내 요절하다

서인을 공격하면 출세한다

　선조가 율곡을 병조판서에 제수했을 때(1582) 조정은 모두 우려했다. 그가 병권을 가진 것을 동인들이 크게 우려하였다. 당사자인 병조의 관리들 또한 평상시에도 육조의 사무가 다른 부서와 크게 다른 점을 우려하지 않을 수 없었다.

　그 같은 병조의 관리들이 신임 병판을 지켜본 뒤 쓴 평이 『선조실록』에 있다. 율곡이 병판에 부임한 지 한 달여가 지난 시점이었다.

　병조에 오래 근무한 관리들이 한결같이 "판서로 이처럼 재간이 있고 처결 능력이 있는 분은 여태 본 적이 없다"라고 저마

다 입을 모았다….

그럼에도 새해(1583) 벽두부터 신임 병판에 대한 탄핵 상소가 빗발쳤다. 사간원, 사헌부, 홍문관의 삼사가 탄핵 상소의 선두에 섰다. 삼인성호(三人成虎, 없는 말도 세 사람이 말하면 사실이 된다.)가 따로 없었다. 그들은 개인으로 나서거나 혹은 공동으로 합세했다. 심지어 승정원에서조차 임금에게 아뢰는 짧은 상소 형식의 계사啟事를 빌어 가세하고 나섰다.

율곡은 한숨지었다. 조정은 이미 동서로 갈라진 형색이 뚜렷이 보였다. 같고 다름으로 서로 좋아하고 배척하는 일이 생겼고, 말을 만들고 일을 만들어 서로 무리 지었다. 관료들 가운데 논의를 주도하는 세력은 대부분 동인이었다.

그들의 소견 또한 치우침이 컸다. 현명함과 어리석음, 재능의 여부 따윈 중요치 않았다. 단지 동과 서로 나누어져 동인을 비난하면 힘써 억압하고, 서인을 배척하면 애써 끌어올려주었다. 이것을 정론으로 삼았으며, 사류士類 가운데 이제 막 출사한 신예들은 출세의 길이 서인을 공격하는 데 있다고 여겨 싸움을 일으키기 일쑤였다. 강한 쪽에 붙어 인재를 중상하고, 선비의 풍습을 무너뜨리고 있는 사태를 막을 수 없는 지경이었다. 인물을 평가하는 데 따른 도리가 옳고 그름에 있는 것이 아니라 다만 동과 서로 분별할 따름이었다.

물론 율곡을 지키려는 세력이 없지만은 않았다. 영의정 박순, 왕자사부 하락河洛, 병조참지(정3품) 성혼, 성균관과 지방의 유생들이었다.

선조 역시 그에 대한 신뢰를 거듭 천명했다. 물과 물고기의 관계水魚之間라 일컬을 만큼 그를 감싸고 두둔했다. 삼사의 탄핵 상소가 빗발쳤지만 그에 대한 믿음이 한결같았다. 그를 탄핵하라는 상소가 쇄도할 적마다 때로는 단호하게, 때로는 우악살스럽게 내쳤다. "율곡과 성혼이 당이 만들었다면 내가 그 당에 들어갔다"라고 하면서 율곡을 옹호하는 이들을 격려했다.

암튼 율곡이 병판으로 나섰을 때 동인의 대부분은 신

진 사류의 소장파가 주류였다. 반면에 서인은 경륜을 갖춘 구세력이 중심을 이루고 있었다. 소장파가 이념적 시비에 기울어져 있다면, 구세력은 원만한 문제 해결에 중점을 두었다. 하지만 양 진영의 문제점이 더 부각되면서 사사건건 충돌하는 상황이었다.

그렇듯 새해 벽두부터 신임 병판 율곡에 대한 탄핵이 빗발치는 가운데, 정월 말쯤 북쪽 변방에 난데없이 난리가 났다. 여진족 니탕개가 이끄는 2만의 병력이 북쪽 변방의 육진六鎭 가운데 하나인 경원성城을 침략하면서 살인과 약탈을 자행했다.

선조는 병판 율곡에게 전권을 주었다. 여진족 니탕개를 물리치게 했다. 그 또한 전권을 가진 병판으로서 기꺼이 나섰다. 니탕개의 침략을 물리치기 위해 일찍이 보지 못한 다각적이고 실질적 대책을 세웠다.

우선 한성에서 활 잘 쏘는 사람 1만여 명을 선발했다. 그들을 변방으로 보내고, 군자감에 쌓여 있는 면포를 군사들의 옷감으로 주었으며, 문무백관의 녹봉을 일시적으로 줄여 군사의 처자들을 먹여 살렸다. 나아가 전란에 처해있는 국가에 곡식을 바치는 자들을 모집했다. 그 곡식을 변방으로 보내 군량으로 지급하게 했으며, 변방으로 나가거나 곡식을 바치는 서얼 출신에게도 과거에 응시할 자격을 주었다. 또한 공사천인公私賤人은 양민으로 면천시켜 주자고도 했다.

동인은 탐탁지 않았다. 율곡이 병권을 가진 데 대한 불만이 여전했다. 그를 서인 정파라고 철석같이 믿은 탓에 권한이 커지는 것을 결코 바라지 않았다.

보름여 뒤, 사간원과 사헌부에서 여론을 들어 그가 시행코자 하는 대책을 반대했다. 먼저 사간원이 나섰다. 비변사와 병판이 근래 건의하고 처리하는 일 중에서 잘하는 것이 단 한 가지도 없다고 깎아내렸다. 모두 다 구차스러운 것이 많으니 마땅히 추문해야 한다고 목소리를 높였다.

선조는 사간원의 추문을 받아들이지 않았다. "슬기로운 자도 천려일실千慮一失이 있기 마련인데, 이토록 부지런히 수고해야 하는 때에 추문해선 안 된다"라고 비답했다.

북쪽 변방의 공방도 잠시 그쳤다. 석 달 가까이 소강 상태에 들어갔다.

4월 중순경, 율곡은 장문의 상소를 올린다. "나라의 흥망은 조짐이 있고, 치란은 기미가 있는데. 일이 닥치기 전에 말을 하면 흔히 신임받지 못하고, 일이 닥친 뒤에 말을 하면 구제하려 해도 때를 이미 놓쳐 할 수가 없다"라면서 공안의 개정, 서얼 허통, 주현의 합병, 관찰사의 임기 늘리기를 진달했다. 전부터 줄곧 주장해온 개혁안들이었다.

더불어 조정을 화합시키고 올바르지 못한 정사를 고치는 것은 근본이며, 병력과 식량을 조달하여 방비를 튼튼히 하는 것은 말단이라고 정의했다. 그런 만큼 말단도 마땅히 거행해야 하겠지만, 근본을 더 먼저 다져야 한다고 촉구했다.

무엇보다 동서 화합의 정신을 중시했다. 사류(동인을 일컬음)가 지나친 점이 없진 않으나 대부분 식견의 차이에서 나온 것일 뿐, 꼭이 사심을 품고 일을 그르치려는 것은 아니라고 덧붙였다. 따라서 동과 서를 구분하는 습관을 고치게 하여 선인을 등용하고 악인을 벌하되, 한결같이 공도公道를 따르게 함으로써 불신과 의혹을 씻어내어 조화롭게 하고, 인심이 공감하는 옳음과 그릇됨이 한 시대의 공론이 될 수 있도록 하게 해야 한다고 주문했다.

선조는 장문의 상소를 읽으면서 감동했다. 율곡이 상소에 건의한 다섯 가지 개혁안에 대해 곧바로 비답을 내렸다. 이는 전에 없는 신속한 조치였다. 아니 처음으로 긍정적 반응마저 보였다.

…경이 마지않고 거듭 청하니, 한번 시험해봐야 하겠다. 관찰사를 오래 위임시키는 개혁안은 새로이 제도를 만들기 어려워 지금껏 미뤄왔으나, 이 역시 경의 계책에 따라 양남(전라도와 경상도)에서 시험하도록 하겠다. 서얼 허통에 관한 개혁안에 대해선 처음 사변이 일어났을 적엔 경의 건의에 따라 즉시 시행토록 명하였으나, 언관이 논박하고 있으니 비변사에 묻고 상의하여 거행토록 하겠노라….

다만 다섯 가지 개혁안 중에서 당파를 제거하라는 주문에 대해서는 따로 언급하지 않았다. 공안에 대해서도 고치지 못함을 해명하는 데 그쳤으나, 나머지 세 가지 개혁안은 처음으로 받아들여졌다. 비록 서얼 허통에 관해서는 비변사와 상의한다는 단서가 붙었으나 거행하겠다는 의지가 표명되지 않아, 율곡의 상소는 마침내 임금을 움직이는 데 성공했다는 의미를 부여할 수 있었다.

그러나 정국은 마냥 깊은 수렁 속으로 빠져들었다. 선조가 율곡의 상소에 드디어 귀를 기울이기 시작했다지만, 동서 당쟁의 갈등은 골이 더 깊어지는 상황이었다.

그러던 어느 날, 선조와 경안군慶安君 이요李搖 단 둘이 국정을 논의했다. 이 자리에서 경안군은 동인 일당을 들먹였다. 세상이 이토록 어지러운 건 그들 일당이라고 지목했다. 유성룡, 이발, 김효원 등이 이조낭관의 자리를 이용해 당파를 만들고, 권력을 독점해서 나라를 잘못 이끈 때문이라고 직언했다.

그렇잖아도 이조낭관의 자리는 동인과 서인이 서로 갈라지게 된 직접적 요인이었다. 경안군도 지적하고 있듯 이조정랑(정5품)이 가진 삼사三司의 인사 추천권과 이조좌랑(정6품)의 자기 추천제는, 마음먹기에 따라 얼마든지 세력을 형성할 수 있는 요직이었다.

선조는 경안군의 직언에 고갤 끄덕였다. 이조 낭관의 후임자를 전임자가 추천하는 전랑의 자천제를 없애버렸다. 대신들이 인사 문제에 간섭하는 것을 차단함으로써 투명하게 하려던 전랑의 자천제가 되레 당파의 세를 불리는 데 이용되고 있다는 판단에서였다.

선조의 이 같은 전랑 자천제 폐지는 동인 정파에게 심대한 타격을 안겨주었다. 선조의 마음이 자신들로부터 떠난 것이라고 해석했다. 동인들의 기세가 한풀 꺾일 수밖에 없었다. 동인을 이끌고 있는 유성룡 등은 불안감을 느끼고 스스로 벼슬을 내려놓았다.

동인은 이번에도 여지없이 율곡을 손가락질했다. 율곡이 경안군의 등을 떠밀어 임금에게 아뢰도록 한 것이라고 판단했다. 그를 탄핵할 기회만을 호시탐탐 엿보았다.

사림 정치의 속살, '당파 싸움'

선조 16년(1583) 5월이 되자 여진족의 니탕개가 기병 약 2만 명을 이끌고 다시 침략해왔다. 북쪽의 변방이 또다시 위태로워졌다.

조선 초만 하여도 조선군의 주력 역시 기병이었다. 한데 명나라로 말 수출이 이뤄지기 시작하면서 대거 빠져나갔다. 군마로 쓸 수 있는 말조차 찾아보기 어려워졌다.

선조 대에는 니탕개의 침략에 맞서 기병 전술을 펼치지 못했다. 요충지에서 화포를 이용하여 성을 지키는 전략으로 맞섰다.

군마를 신속히 보충하는 대책이 시급했다. 군마만이 아니라 군량미도 태부족인 상황이었다.

병조판서 율곡은 응급 대책을 다각적으로 내놓았다. 필요치 않은 관직을 줄여 재정을 확보해서 군사력을 강화코자 했다. 선조는 율곡의 의견을 수용했다.

북쪽의 변방에서도 힘을 냈다. 초기의 병력 열세를 딛고 수성전을 펼쳤다. 발사 장치가 있어 활에 기계적인 힘을 내는 쇠뇌가 적을 물리치는 데 단연 위력을 발휘했다.

하지만 북쪽 변방은 여전히 소란스러웠다. 대책이 절실했다.

병판 율곡은 병조에 이렇게 일렀다. "예전부터 변방의 군사들로 하여금 군마도 없이 걷게 하자, 길 가는 사람들의 말을 약탈하는 폐단이 끊이지 않았다. 이번에 선발하는 군사는 세 등급으로 나눈다. 1등급은 정장을 모두 갖춰 변방 방비에 충분하지만, 2등급이나 3등급은 그렇지 못하다. 그러므로 말을 바치면 군역을 면제시키는 조건으로 모집하게 하면, 공사 간에 편리할 것이다."

병조는 곧바로 의견을 시행했다. 한성에서 활 잘 쏘는 사람들을 선발해 변방으로 보내는데 군마를 사서 바치면 군역을 면제시켜 주자, 군마가 구름처럼 모여들었다.

문제가 없지만은 않았다. 서둘러 변방으로 보낼 사수를 선발해야 하는데, 선발 책임을 맡은 한성의 49동네 향도香徒들의 폐해가 적지 않았다. 면포 5~6필(지금 돈 5~6백만 원)을 향도에게 뇌물을 주어 군역에서 빠지는 자가 많아 원성이 높았다. 선발 기준이 명확하지 않은 문젯거리가 불만으로 터져 나왔다.

　　이런 어수선한 상황에서 북쪽 변방의 일로 선조가 급히 병판을 불러들였다. 율곡은 임금의 부름을 받고 서둘러 입궐했으나, 갑작스러운 현훈증眩暈症(어지럼증)으로 병조에 그만 몸져 눕고 말았다. 이에 미처 편전에 나가지 못했다. 선조는 율곡이 갑작스레 몸져 누었다는 소식을 전해 듣고, 친히 어의를 보낼 정도로 신임하는 모습을 보였다.

　　선조의 신임은 끝까지 두터웠다. 율곡을 신하가 아닌 정신적 스승으로 대했다.

　　동인은 일제히 반발했다. 교만하고 건방진 탓에 임금을 업신여긴다며, 사간원과 사헌부가 일제히 탄핵에 나섰다.

군사 정책은 중대 사안임에도 먼저 시행하고 나중에 아뢴 것은 권세를 제멋대로 휘두른 행위이며, 부름을 받고 입궐하다 끝내 편전에 나아가지 않았으니 이는 임금을 무시한 죄가 크다 하지 않을 수 없을 것입니다….

　탄핵 상소를 올린 이는 허균許筠의 조카인 홍문관 전한(종3품) 허봉許篈이었다. 삼사의 탄핵을 받자 결국 그는 물러날 뜻을 밝혔다. "요즘 논의하는 이들은 개혁하기 위한 사람을 얻기가 어렵다는 핑계를 대며, 매번 개혁의 논의를 막고 있다"라면서, "한 가지 논의를 내기만 해도 즉시 온갖 비방이 뒤따라 아무리 애를 써도 효과는 거둘 수 없고, 몸은 수고로워도 직무는 수행되지 못하고 있다"라고 안타까워했다.

　선조는 사직을 허락지 않았다. "언관들의 일시적인 논의에 구애되지도, 남의 말을 의식하지도 말고, 오직 국사에 마음을 쏟으라"라며 그를 붙잡았다.

　율곡은 재차 사직 상소를 올렸다. 선조는 만류했다. "

경은 재질이 빼어나고 학식이 고명한 데다, 충성된 마음으로 나라에 몸바쳐왔다"라고 평가했다.

율곡은 세 번째 사직 상소를 올렸다. 선조는 "요즘의 일에 경은 개의치 말고, 속히 입궐해서 병판의 직무를 수행하라. 만약 한때의 지나친 논의 때문에 의기를 상실하여 물러난다면, 예부터 연사들이 공업功業을 세울 때가 없었을 것이다. 경은 사직하지 말라"라고 했다.

율곡은 벼슬에 연연하지 않았다. 네 번째 사직 상소를 올렸다. 선조는 "나의 뜻은 이미 유시하였다. 요즘 경이 사무를 보지 않음으로 말미암아 병조가 마비되었다. 마땅히 지난번의 유시에 따라 속히 입궐해서, 직무를 수행하고 위임시킨 뜻에 부응하라"라고 했다.

율곡은 뜻을 굽히지 않았다. 다섯 번째 사직 상소를 올렸다. 선조는 "경의 마음은 이미 내가 알고 있으니 여러 사람이 지껄이는 건 굳이 따질 것이 못 된다. 다른 것은 돌아보지 말고, 과인과 함께 나라를 다스리기만 하면 되니 고집스럽게 사퇴치 말라. 병무가 오래도록 폐기되어, 하루가 시급한 형편이니 경은 그 점을 생각지 않으면 안 된다"라고 했다.

그럼에도 율곡은 여섯 번째 사직 상소를 올린다. 선조
는 "예부터 어진 신하가 그 뜻을 행하려고 할 때, 사람들이
비방하는 것이야 본디 예사로 있는 일이니 원래 괴이하게
여길 것조차 없다…. 경은 지난번 내가 한 말을 직접 듣지
않았는가. 경은 내가 물러가라고 한 다음에 물러가야 한
다는 간곡한 한마디야말로 귀신도 알 것이다"라고 했다.

선조가 거듭 만류했는데도 율곡은 끝내 일곱 번째 사
직 상소를 올린다. 전에 볼 수 없는 일이었다. 이쯤 되자
율곡은 입궐해서 임금에게 사은하고 자신의 입장을 진술
했다.

대간이 이미 '권력을 마음대로 휘두르며 교만하게 왕을 무
시했다'는 것으로 신의 죄목을 삼았으니 이는 그 이상 더할 수
없는 죄목입니다. 그럼에도 신이 마음에 동요도 없이 태연하게
아무렇지도 않은 듯 출사한다면 이는 참으로 신하된 자의 도리
가 아닙니다. 신의 죄가 사실이건 아니건 간에 어찌 그대로 묻
지 않고 죄를 지은 몸으로 염치없이 밝은 조정에 있게 할 수 있

겠습니까? 삼가 바라옵건대 성상께서는 신의 죄상을 가지고 좌우 신하들을 비롯하여 여러 대부에게 조언을 구하여 죄의 경중을 헤아리게 하소서. 그리하여 설령 용서된다고 할 경우에는 신이 송구스러운 마음이 있을지라도 애써 감히 따르지 않을 수 있겠나이까? 만일 실제로 죄를 범한 것이라고 할 경우에는 신은 귀양을 가고 극형에 처해진다 하더라도 진실된 마음으로 달갑게 여기겠나이다….

율곡의 진술에 선조 또한 견해를 밝혔다. 마음을 가라앉혀 병판의 직무를 수행하고 다시 개의치 말라고 했다.

경의 처지에서야 도리상 이렇게 처신하는 것이 당연하기는 하오. 허나 내가 좌우에 물어본다면 이는 조금이라도 경을 의심하는 것이 되고 말지 않겠소. 내가 어찌 감히 그런 일을 할 수 있겠소. 지난날 대간의 말은 본래 사리에 근사하지도 않으니 변론할 가치도 없소….

일곱 번씩이나 사직 상소를 거듭 올렸는데도 율곡에

대한 선조의 믿음이 흔들리지 않자, 지켜보고 있던 동인들이 벌떼처럼 일어났다. 사헌부 지평(정5품) 이경율이 사직 상소를 올렸다. 병판이 대신과 여러 대부에게 자기 죄의 경중을 헤아려주길 청한 것은 언관인 자신을 업신여긴 것이므로 죄를 담당하겠다는 뜻이었다. 사헌부 집의(종3품) 홍여순, 사헌부 지평 조인후도 이경율의 사직 상소에 가세했다.

사헌부에서 사직 상소가 잇따르자, 이번에는 양사兩司가 합세하여 시비를 거론하고 나섰다. 사헌부 장령(정4품) 이징은 율곡을 탄핵할 때 자신도 논의에 참여했으니 마땅히 파면시켜 달라고 했고, 이경율, 홍여순, 조인후도 격앙된 어조로 거듭 사직 상소를 올렸다.

여기다 대사간(정3품) 송응개와 사간원 헌납(정5품) 유영경·정숙남 또한 대간들이 수모를 당하고 있다며, 재차 사직 상소를 올렸다. 율곡이 평소 직무를 형편없게 수행하여 탄핵을 받았는데도, 임금이 도리어 대간들을 그릇되었다고 나무라니 자신들은 직책을 수행하는 것이 온당치 않으므로 체직시켜달라고 한 것이다.

홍문관에서도 이들을 따라나섰다. 대간을 업신여기고 공론을 가볍게 여기는 처사가 심각하다며, 자신들을 마땅히 파직시켜 달라고 목청을 높였다.

선조는 변함이 없었다. "아, 진실로 병판은 군자일진대 세력이 있음을 걱정하지 않고. 오직 그 세력이 적을까 걱정하노라"라고 했다.

그럼에도 동인들이 끊임없이 들고 일어나 조정이 시끄러워지자, 임금도 더는 어쩔 도리가 없었다. 끝까지 율곡을 두둔하던 선조도 결국 삼정승에게 의견을 구하지 않으면 안 되었다. 병조의 사무가 다급한데 율곡을 어찌했으면 좋겠느냐고 물었다.

영의정 박순은 잠시 체직시키는 것이 옳을 것 같다고 했다. 좌의정 김귀영 도 율곡의 진퇴 문제를 어렵게 여긴다면 체직시키는 것이 좋겠다고 했으며, 우의정 정지연 역시 같은 뜻을 밝혔다.

삼정승이 모두 율곡의 체직을 권하자, 선조도 어쩌지 못했다. "아, 이이는 향리로 돌아가 흰 구름 속에서 도도하게 살겠구나. 누가 그를 붙들어 놓을 수 있단 말인가"라고 탄식하며 체직을 명했다.

율곡은 곧바로 조정을 떠나 황해도 해주로 낙향했다. 쉰 명이 넘는 대가족의 품으로 돌아갔다. 양사는 비로소 율곡에 대한 탄핵을 끝냈다. 이는 동서 당쟁의 단면을 고스란히 보여주는 풍경이었다.

선조는 원로대신 심수경을 병판에 제수했다. 하지만 며칠 지나지 않아 영의정 박순에게 병판 직을 겸임하게 했다. 심수경이 고령인 탓에 병판의 직무를 감당키 어려웠던 것이다.

북쪽의 변방은 여전히 초긴장 상태였다. 회령 건너편까지 여진족이 침입했으나 두만강이 너무 깊어 건너오기를 꺼리다 시나브로 물러갔다.

사방에서 칼이 들어오다

　사방에서 오물이 들어왔다. 칼이 날아들었다. 그가 병조판서 직에서 물러나 낙향한 뒤에도 동인은 사흘이 멀다고 사나운 공격을 퍼부었다.

　7월 들어(1583) 동인이 연일 나섰다. 율곡이 사익을 추구하고 재물을 다투었으며, 뇌물이 폭주했다고 공격했다. 공격의 선봉에 나선 이는 동인의 중심인물이랄 수 있는 대사간(정3품) 송응개宋應漑였다. 송응개는 선조에게 올린 상소에서 그의 죄상을 이렇게 나열했다.

　율곡은 향리에 머물 때 여러 고을에서 뇌물이 그의 집에 모여들고, 재물과 이익을 다투는 일이면 송곳 하나 칼 한 자루도 양보치 않았으며, 해택海澤의 이익과 선세船稅까지도 모두 침유했는가 하면, 심지어 구도(개성을 일컬음)의 공청의 토지까지 대명代名으로 가로채고, 첨지 봉흔이란 자가 대대로 경작하던 토지를 무리한 방법으로 빼앗았으며, 자기 형 이번李璠이 봉흔의 종을 살인하였는데도 관아에서 추문할 수가 없었습니다. 그런 그가 일전에 대사간으로 부름을 받고 올 때에는 그가 지나는 곳의 읍에서 곡식 1백 석을 받아 본가로 실어 보내고⋯.

임금이 참석하는 경연에서 사간원 헌납(정5품) 정희적도 나섰다. "이이가 젊어서 중이 되었던 일로 결코 과거를 볼 수 없었는데도 심의겸이 해제해 주었을뿐더러, 이후 발신하는 것조차 모두 심의겸의 힘이었으니 신과 같은 광패한 사람을 등용하시면 반드시 듣지 못할 말을 듣게 되실 것입니다"라고 했다.

사간원 정언(정6품) 홍적도 가세했다. '이이는 심의겸으로 인하여 출세하였다'는 것이다.

선조는 냉담했다. "이이를 배척하는 것이 비록 간사한 것을 밝히는 사람들이라 하나, 그가 또 누구인지 구별해서 아리라. 다시는 모호한 말로 국가에 수치를 끼치지 말라"라고 했다.

영의정 박순은 임금에게 당초에 대사간(송응개)을 체직하지 않은 것이 잘못이었다고 아뢰었다. 아울러 송응개, 허봉은 혐의가 있어, 그 논의에 함께 참여치 않았어야 함에도 피하지 않았으니 더더욱 잘못된 일이라고 했다.

그러자 대사간 송응개가 반박했다. 박순의 계사를 들어 사직 상소를 올리며 공격했다.

이이는 낙향해 있을 적에도 염치 있는 자세를 보여주지 못하였습니다. 여러 고을에서 뇌물이 그의 문으로 모여들었는데, 이익을 추구하고 재물 다툼에 있어 아주 작은 것까지 빼놓지 않으므로 원근에서 듣고 비웃었습니다. 침을 뱉고 손가락질하는 자도 도처에 많았습니다. 그가 제멋대로 법을 무시하고 천박하게 행동하는 것이 한결같이 이 지경에 이르렀음에도 영상 박순은 입이 닳도록 칭찬하며 전하를 속이고 있으니… . 정말이지 이른바 나라를 팔아먹은 간신이라 아니 할 수 없습니다….

뒤따라 사간원 헌납(정5품) 유영경, 정언(정6품) 이주가 사직 상소를 올렸다. 그들의 뜻이 대사간 송응개와 같았다.

사간원만이 아니었다. 사헌부에서도 벌떼처럼 들고 일어났다. 사헌부 집의(종3품) 홍여순, 사헌부 장령(정4품) 윤승길과 이징, 사헌부 지평(정5품) 이경율과 조인후가 반발하고 나섰다. "상신上申의 뜻에 저촉되어 거슬렸을뿐더러 심지어 초야에서 온 성혼까지도 상소해서 신들에게 죄주기를 청하니, 이는 반드시 삼사의 사람들을 모두 쫓아내려는 것이다"라고 하면서 일제히 사직 상소를 올렸다.

며칠 뒤에도 사간(종3품) 성락과 사간원 정언 황정식 등이 사간원에서 율곡을 탄핵한 이유를 아뢰었다. 더불어 그를 탄핵하다 사직한 대사헌(종2품) 이기, 대사간 송응개, 사헌부 집의 홍여순, 사헌부 장령 윤승길과 이징, 사헌부 지평 이경율과 조인후, 사간원 헌납 유영경, 사간원 정언 이주 등의 출사를 명하라고 촉구했다.

대사성(정3품) 김우옹도 합세했다. "애석하게도 율곡은 뜻만 컸지. 재주가 소략하고, 도량이 얕으며, 소견이 편협해서, 선비들에게 인심을 잃은 지 오래인데도 깨닫지 못하고, 오히려 빈번히 장주章奏를 올려 강변으로 상대를 능멸하였을 뿐만 아니라, 하는 일들 또한 경솔하고 조급한 데가 있어 사람들의 기대에 부응치 못하였다"라고 했다.

사간원과 사헌부에 이어 홍문관에서도 율곡을 탄핵했다. 박순, 이이, 성혼이 서로 결탁해서 서인을 구원舊怨하려 한다고 나섰다.

조정을 떠나 이미 낙향한 율곡에 대한 탄핵은 8월에 들어서도 그칠 줄 몰랐다. 율곡의 제자인 의금부 도사(종5품) 이배달과 사헌부 감찰(정6품) 안민학이 사헌부의 탄핵 도마 위에 올랐다. 이배달은 "성균관에 있을 때에 동학同學을 모함하였고, 관리가 된 뒤에는 동료들을 업신여긴다"라고 했다. 또 안민학은 "효도도 없고 우애도 없는 사람으로 마음 쓰는 것과 행하는 것이 극히 형편없는 자로, 사람들이 분하게 여기지 않는 이가 없다"라며 파직을 명하라고 주청했다.

선조는 파직 조처가 괴이하다고 외면했다. 그들에게 천박한 행실이 있었다면 애당초 천거할 때 언관이란 자들이 어찌 논핵하지 않고, 수년이 지난 이제 와서야 그들을 파직시켜야 한다고 성화냐며 진노했다.

그러자 사헌부 전체가 사직한다고 반발했다. 임금의 신임을 받지 못하고 있으니 마땅히 물러나야 한다며 선조를 압박했다.

이런 와중에 율곡을 지키려는 이도 없지 않았다. 왕자 사부師傅 하락이 그를 옹호하는 상소를 올렸다.

언관들이 번갈아 상소하여 논핵하되, 처음에는 이이의 실책만을 거론하다 나중에는 날이 갈수록 점점 더 중한 말들을 쏟아내고 있으며, 옥당의 차자(간단한 서식의 상소문)와 간원(사간원의 준말)의 사장辭章에서는 간흉한 형상과 궤휼의 태도를 수많은 말로 횡설수설하며 못하는 소리가 없었는데, 그 말들이 모두 분하고 질시하는 데서 나오지 않은 것이 없었습니다….

이어 하락은 없는 사실을 언관들이 캐내어 서로 야합
해서 큰 악을 가하려 한다면, 이는 잘못이라고 지적했다.
아울러 삼사의 공론 말고 또 반드시 다른 공론이 없다고
말하긴 어려운 상황이라고 에둘렀다.

하락이 상소하자 승정원에서 반박하고 나섰다. 하락
이 율곡과 친하게 지내기 때문에 감히 그의 사람됨을 알
지 못한다 했다.

승정원의 의견에 대해 선조는 수용치 않았다. "너희
가 남의 말을 막고 나의 총명을 가리려는 것이냐'라며 분
노했다.

성균관의 유생들도 나섰다. 류공진柳拱辰을 비롯한
460여 명 유생 모두가 한목소리를 냈다. 율곡은 일찍이 동
방에 없던 성현이라며, 삼사의 공격이 지나치다고 비판하
는 연명 상소를 올렸다.

선조는 성균관 유생들의 연명 상소에 이렇게 전교했
다. "충성되고 곧은 말이 맵구나. 그대들의 의기가 이러하

니, 내가 국사에 무슨 걱정이 있겠는가."

이러자 성균관 유생들에 대한 임금의 전교가 온당치 않다고 도승지(정3품) 박근원, 우승지 김제갑, 우부승지 이원익, 동부승지(정3품) 성낙 등이 상소했다.

임금은 승정원의 상소에 "변방의 경보가 자주 놀라게 하여 국가에 일이 많은데, 승정원은 중요한 지위에 있으면서 기무를 살피지 못한다"라고 꾸짖었다. 이어서 "잡된 말을 하지 말고 먼저 직책에 힘쓰라"라고 일렀다.

양사는 물러서지 않았다. 임금이 정계하라는 명을 내렸으니, 자신들을 마땅히 파직시켜 달라고 했다. 승정원에서도 다시 논계하여 성균관 유생들의 연명 상소는 공의公議에서 나온 것이 아니니 믿을 것이 못 된다고 했다.

이럴 즈음 초야에 묻혀 사는 선비인 신급이 상소했다.

이이는 본래 동·서 양당에 참여한 사람이 아닙니다…. 동인들이 나라의 권력을 잡은 후에 더욱 서인을 핍박하는 것이 심하여 자기에게 따르는 자는 올려주고, 다른 자는 배척하였으므로….

전주의 경기전慶基殿 참봉(종9품) 변사정邊士禎도 상소를 올렸다. 삼사를 비판하고 율곡을 옹호하는 상소, 영남을 제외한 각 지방 유생들의 상소가 줄을 이었다.

선조는 그들의 뜻을 고상히 여겨 친히 붓을 들었다. 교문을 지어 내려 보냈다.

변변치 못한 사람憸人이 보위에 있어 조정이 편안치 않고, 사구司寇(주나라 때 형벌을 맡은 벼슬)가 제 구실을 제대로 하지 못해 국시가 바로 서지 못하였도다. 이는 마땅히 저잣거리에서 참수할 죄이로되, 가볍게 베풀어 죄를 덜어주는 은전을 내려 이들 모두를 유배 보내노라….

이처럼 율곡에 대한 탄핵이 여의치 않게 되자 양사가 반발했다. "위로 하늘이 부끄럽고 아래로 땅이 부끄러워, 차마 몸 둘 곳이 없으니 속히 파척을 명하라"라며 자신들의 파면을 촉구했다.

선조는 단호했다. "이토록 다사다난할 때 그렇듯 번거

롭게 사직하는 것으로 직무를 삼으려거든, 차라리 그대로 사직하고 모두 물러가라"라고 일축했다.

실제 이튿날 선조는 양사를 모두 체직시켰다. 새로운 대사헌에 이양원을, 대사간에 김우옹을 각각 임명했다.

양사를 모두 체직하자, 이번에는 홍문관이 부당성을 지적하고 나섰다. 동인도 여기에서 밀리면 돌이킬 수 없다는 듯 결사각오하는 자세를 보였다.

선조는 진노했다. "왕명을 받고도 나오지 않는 사람이 비단 이이만이 아닐진대, 어찌 그에게만 유독 생트집을 잡느냐"라며 반문했다.

이어 정2품 이상의 대신들을 선정전으로 모두 불러들였다. 동서 당쟁이 한계에 이르렀다고 탄식한 뒤, 김효원(동인의 실력자)과 심의겸(서인의 실력자) 두 사람을 모두 귀양 보내는 것이 어떠냐 물었다. 더불어 도승지 박근원, 대사간 송응개, 홍문관 전한(종3품) 허봉 세 사람은 그 간사함이 극렬하니 멀리 귀양 보내는 것이 어떻겠느냐고 하문했다.

결국 선조는 송응개를 회령으로, 박근원을 강계로, 허

봉을 갑산으로 각각 귀양 보낸다는 교서를 내렸다. 셋 다 천 리밖으로 유배를 가게 된 것이었다. 동인의 실력자들이 율곡을 탄핵하다 천 리 바깥으로 줄줄이 유배길에 오른 것을 두고 계미년(1583)에 일어났다 하여 '계미삼찬癸未三竄'이라 일컬었다.

그럼에도 새해 벽두에 시작된 동서 당쟁의 불꽃 튀는 결전은 기나긴 여름이 지나도록 좀처럼 진정될 줄 몰랐다. 그 사이 민생은 돌보지 않아 날로 악화되었다. 도탄에 빠져 허덕이는 민생을 구하기 위해선, 아니 당장 북쪽의 변방이 위협받고 있어 개혁이 시급한데도, 개혁을 위해선 동인과 서인의 협력이 절대적으로 필요한데도, 첨예한 당쟁은 그저 율곡을 기어코 조정에서 내치기에 바빴다. 율곡의 말마따나 공자와 맹자가 곁에 있다 하더라도 어찌할 도리라곤 없어 보였다.

전면적인 대결 구도로 치닫는 동서 양당

가을(1583년)에 접어들어서도 조정은 여전했다. 하루도 바람 잘 날이 없었다. 거친 언사도 마다하지 않는 당쟁으로 연일 시끄러웠다. 오직 율곡 한 사람을 향한 양 진영의 공방에는 한 치의 물러섬도 없었다.

생애 마지막 몇 달여 전, 율곡은 조정에서 압도적인 세력을 이룬 동인들로부터 '소인小人'으로 규정당했다. '소인'이란 규정은 당시로선 그저 단순한 비난만이 아니었다. '소인'은 설득과 이해가 아닌, 곧 배제와 박멸의 대상을 일컫는, 시대의 주홍글씨였다.

율곡은 동인과 서인이 서로 협력해야 한다고 주장하지만,

이것은 공을 내세워 사를 취해보려는 얕은 계략에 불과하다. 애당초 동인과 서인은 생각할 때부터 둘 사이에 바름과 그름이 있었을 따름이다. 사대부들의 공론은 동인이 올바르고 서인은 사악하다고 했다…. 율곡은 본질적으로 사람이 아니다….

선조는 탄식했다. 물러설 줄 모르는 당쟁과 봇물처럼 쏟아지는 삼사의 탄핵을 보면서, 시속에 따라 당으로 몰려다니는 신진 사림들을 우려했다. 이를 걱정하는 율곡을 외면한 채 틈만 나면 작은 실수를 트집 잡아 공격하면서, 당을 만들어가고 있다고 한숨 지었다. 더구나 임금의 탄식에도 불구하고 서인들이 나서 율곡을 변호하고, 또다시 동인들이 나서 율곡에 대한 인신공격마저 서슴지 않으면서, 사태는 점점 더 동서 양당이 전면적으로 대결하는 구도로 치닫고 있었다.

9월에 들어서도 달라지지 없었다. 동인은 포문을 열어 맹공에 나섰다. 새로이 제수된 대사간(정3품) 김우옹을 비롯해서 사간원 헌납(정5품) 홍인서, 사간원 정언(정6품) 박홍로가 딴 목소리를 냈다. 계미삼찬의 송응개, 박근원, 허봉 세 사람에 대한 유배가 가혹하다며 명을 도로 거두어줄 것을 주청했다.

선조는 완강했다. "구제하려고 나서지 말라. 그들에게 도움이 되지 않고 도리어 해가 될 따름이다. 그들은 징계를 받아야 마땅하다. 나라가 망할망정 이 세 간흉은 단연코 용서할 수가 없다"라고 했다.

이조좌랑(정6품) 김홍민이 반박했다. "신이 경연에 들어와 이이의 언론을 들어보니 그는 성품이 경솔하고 자신에 차 있을 만큼 적용의 재주가 아니었으며, 모든 제도를 바꾸고 고치려고만 애썼습니다. 그 뜻은 크다 할지라도 일에 모슨 도움이 되겠는가 싶었습니다…. 비록 그에게 장점이 없는 것도 아니나, 만약 그가 하는 대로 맡겨둔다면 반드시 나라를 그르칠 염려가 없지 않을 것입니다…."

선조는 못마땅해했다. 김홍민의 상소가 마치 삼사에서 아뢰는 계사를 그대로 옮겨 적어 놓은 듯하다고 혹평했다. 하기는 그가 사악한 무리의 같은 부류이니 이런 말을 하는 것이 이상할 것도 없다면서 "이이를 가리켜 당을 만들었다고 하는데, 그 같은 말로 내 뜻을 움직일 수 있겠는가? 아, 참으로 군자라면 당이 있는 것을 걱정할 것이 아니라, 오히려 당이 적을까 걱정해야 할 것이다. 나 역시 주자의 설을 본받아, 이이의 당에 들어가기를 원하노라. 지금부터 이후로 나를 차라리 이이의 당이라고 부르라. 그런데도 너희는 다시 또 할 말이 있는가? 이이를 헐뜯는 자는 반드시 죄를 묻고 용서치 않을 것이다"라고 역정을 냈다.

그러면서 선조는 낙향해 있는 율곡에게 다시 출사를 명했다. 육조의 수장인 이조판서에 또다시 제수했다. 동인의 탄핵을 받고 병조판서에서 물러난 지 불과 한 달여 만이었다.

이조참판(종2품) 안자유가 율곡의 이판 제수에 딴전을 부리면서 이렇게 말했다. "판서는 반드시 대신들이 천거해야 하는데, 대신들이 율곡을 아무도 천거하지 않았으니 참작하시기 어려울 것입니다."

선조는 참판의 딴전에 따르지 않았다. 이판에 제수한 율곡에게 연달아 전지를 내려 부름을 독촉했다.

임금의 독촉에 율곡은 마지못해 상경했다. 황해도 해

주에서 올라와 사은한 뒤, 중책을 맡을 수 없는 이유 네 가지를 들었다. "신은 타고난 기질이 경박하고 학문이 졸렬한 데다, 재주는 오활한데 뜻은 크기만 하고, 지식은 모자라면서 큰소리만 칩니다"라며 동인들의 주장을 그대로 되뇌였다. 그렇듯 시론時論이 그르다고 여기기 때문이니, 이것이 불가한 첫 번째 이유였다.

두 번째 이유부터는 평소 자신의 생각을 솔직하게 드러낸다.

세도와 민심이 이미 허물어져 파괴되었는데, 옛 관습을 그대로 따르는 자는 책망을 받는 일이 없고, 이를 바로잡아 고쳐보려는 자는 비방을 받는 형편입니다. 지금 이대로 두고 가만보고만 있으려니 위태로움이 반드시 이를 것이고, 의견을 건의하여 기강을 바로잡으려니 많은 사람의 노여움이 불길처럼 일어납니다…. 이것이 불가한 두 번째 이유입니다.

신은 본래 어리석어 형세를 살피는 능력이 부족한데, 여러 차례 상소를 올렸다가 곧바로 손가락질과 비난을 받게 되어 선비들이 따라주지 않아 고립되고 협심하는 자가 없습니다. 그럼에도 신이 지금 뻔뻔스럽게 전형의 자리를 차지하고 인물을 진퇴시킨다면 과연 누가 신뢰하고 승복할 수 있겠습니까? 이것이 불가한 세 번째 이유입니다.

지금 지혜와 생각을 다 짜내어 위로 주상의 일을 보필하고 싶지만 정신력과 생각이 미치지 못하고, 힘을 내어 조정의 반열에 나아가 미력이나마 바치고 싶지만 체력이 따르지 못하니, 이것이 불가한 네 번째 이유입니다.

선조가 "아, 하늘이 우리를 평치平治하려 하지 않으시려는가 보다"라고 탄식한 뒤 "어찌하여 경과 같은 인물이 시대에 뜻을 얻지 못한단 말인가"라며 만류했다.

이튿날에도 동인의 공격은 그칠 줄 몰랐다. 사간원에서 올린 짧은 형식의 차자(상소문)에 조정이 연일 시끄러웠다.

이번에는 율곡이 아닌 서인을 이끌고 있는 예조판서 정철을 겨냥하고 나섰다. 예판 정철이 일을 얽어 화를 만드는 데 하지 않는 일이 없다고 탄핵했다. 유생들이 상소한 것도 모두가 정철이 시켜서 한 일이며, 실상 공론이 아니라고 맹공을 퍼부었다.

선조는 격노했다. "내가 당쟁을 진정시키고자 힘쓰는데, 너희는 나의 의심을 격발하게 만들려 하느냐"라며 탄식했다.

율곡을 옹호하는 상소도 줄을 이었다. 황해도 유생은 율곡에 대한 송응개의 탄핵 내용 가운데 '뇌물이 모여들었다', '곡물 1백 섬을 받았다', '관청에 다른 사람 이름으로 문서를 제출해서 토지를 받았다', '어염魚鹽의 이익을 독점했다', '선세船稅를 받았다', '쟁송爭訟을 하였다', '그의 형이 살인했다'는 모두 거짓이라고 해명했다.

선조는 비답했다. "너희의 소는 충의가 분발하고 말이 늠름하다. 그러니 죽지 않은 간신의 뼈가 이미 서늘해졌을 것이다."

동인은 굽히지 않았다. 이번에는 홍문관 부제학(정3품) 홍성민이 사직 상소문을 올렸다. 임금을 숙배하고 조정이 화평해야 함을 역설한 뒤, 계미삼찬 때 율곡을 탄핵하다 귀양 간 세 사람(송응개, 박근원, 허봉)에 대한 처벌은 중도中道를 지나친 것이라고 지적하며, 화살을 그에게 돌렸다. 홍성민은 "이판 율곡이 동서 양인의 화평 의론을 강력히 주장하여, 위로 왕에게 알려서 이것을 사림에게 유시하게 된 것은 나라를 위한 것일지 모르겠습니다. 그러나 되레 서인을 돕고 동인을 억압한다고 의심을 받게 되어 의논이 분분하게 되면서 바야흐로 동서 양인이 대립하여 싸우게 된 것입니다…. 지금껏 조정의 병폐는 모두가 의심이라는 한 단어에 있는 것입니다"라고 했다.

며칠 뒤 홍성민의 사직 상소에 이어 사간원 헌납(정5품) 홍인서, 사간원 정언(정6품) 박홍로가 사직 상소문을 올렸다. 둘은 "사람이 의심을 하게 되기까지는 어찌 이유가 없을 수 있겠느냐"라며 율곡을 비판했다.

뒤따라 사간원 관헌들이 사직하며, 율곡에 대한 탄핵은 순전히 공론에서 비롯된 것이라고 우겨댔다. 임금은 시끄럽게 사직하지 말고 물러가 직책을 다하라고 일렀으나 새로이 제수된 이판 율곡을 끌어내리지 않고는 결코 물러설 기세가 아니었다.

대사간 김우옹, 사간(종3품) 황섬, 헌납 홍인서, 정언

박홍로가 차례대로 임금에게 아뢰었다. "신들의 생각으로는 그가 이미 소통이 어긋나 크게 물정을 잃은 사람이므로, 삼사가 그르다고 한 것은 바로 일국의 공론이니 실로 어진 선비를 배척했다는 죄를 물을 수 없는 것이나, 그 논의가 너무 지나쳐 공격으로까지 이르게 되었던 점에 대해서는 (송응개·박원근·허봉) 형벌을 받아야 마땅하다고 여겼습니다. 때문에 그 점에 대해 두 사람(율곡·정철)을 거론했던 것일 뿐, 감히 무슨 딴 뜻이 있었겠나이까…?" 이는 임금이 율곡과 정철의 심술을 제대로 살피지 못하고 있다고 지적한 것이었다.

선조는 "번거롭게 사양해서 거절하며 피하지 말고, 물러가 직분에 충실하라"라고 했다. 김우옹, 황섬, 홍인서, 박홍로가 다시 아뢰자, "개운치 못한 일이니 물러가 여론을 기다리라" 했다.

결국 이판 율곡이 나섰다. 사직 상소를 올렸다. 선조는 손사래를 쳤다. 이판은 율곡이 아니면 되지 않는다고 만류했다. 목마르고 배고픈 사람 이상으로 기다리고 있으니 부디 다시는 사직하지 말라고 당부했다.

조정은 여전했다. 날선 탄핵의 목소리가 빗발쳤다. 시월에 들어서도 사헌부 집의(종3품) 성영이 나섰다. 이판 율곡을 정면으로 겨누어 "신이 전일 사헌부 장령(정4품)이 되었을 때 대간臺諫(율곡을 일컬음)을 갈자고 말하지 않았기 때문에, 후일 조정에 시끄러운 일이 생겼습니다"라고 했다.

율곡을 옹호하는 상소도 그치지 않았다. 11월 말, 황해도 해주의 유생 박추가 상소하면서, "동인이란 사람들은 오직 사람을 해칠 생각만 하고, 서인이란 사람들은 다만 무기력하게 남의 논박만 받고 있을 뿐이다"라고 했다.

율곡도 그러한 현실을 꿰뚫어본 듯 조정을 더럽힐 수 없다며, 출사할 뜻이 없음을 거듭 밝혔다. "주상의 뜻이 곡진하여 진퇴의 의리는 돌아보지 않고 상경을 무릅쓰지만, 이판과 대제학의 자리는 체직시켜 달라"라고 했다.

그러면서도 자신을 탄핵한 대사간 김우옹에 대해 서운한 감정을 숨기지 않았다. "김우옹의 주장은 모두 억측에서 나온 것으로, 어찌 사람이 사람을 잘못 봄이 이렇게도 심한가"라고 했다.

하지만 율곡은 임금의 간청을 끝내 외면하지 못한 채 조정으로 복귀하게 된다. 생애 마지막 순간을 겨우 두 달여 앞둔 시점에 동서 대결의 격랑 속으로 또다시 뛰어들게 되었다.

선조는 한숨지었다. 지난 여름 삼사가 그를 탄핵한 일을 돌아보면서, "간신의 말만을 듣고서 현량한 대신을 버릴 뻔했다"라고 탄식했다. 하마터면 '전한前漢의 원제元帝 꼴이 되어 나라를 망칠 뻔했다며 자책했다.

한데도 반대 정파의 시선은 여전히 곱지 않았다. 지난번 율곡에 대한 탄핵 결과가 자신들의 정파에 불리하게 나온 데다, 그가 다시금 이판으로 중용되자 심사가 무척 뒤틀렸다.

율곡의 뜻은 분명했다. 동인과 서인의 화합과 조화에 있음이 너무도 자명했다. 자신의 조처를 보고서 결국에는 그들 또한 마음을 돌리게 될 것이라고 낙관했다.

핍박받은 천재, 끝내 요절하다

선조 17년(1584), 새해가 밝았다. 49세가 되는 이조판서 율곡은 정월 들어 갑작스레 병이 깊어졌다. 선조가 스물아홉 살 때 앓았던 화담 증세였다. 선조는 어의를 보내어 그를 구하고자 했으나, 이미 바깥 출입조차 할 수 없는 지경이었다.

율곡은 청렴결백했다. 과거의 대과에 장원급제하여 출사했을 때부터 이판으로 일하면서 병이 깊어질 때까지 줄곧 다르지 않았다. 태어날 땐 분명 금수저였으나 벼슬길에 오른 후에는 한성에 따로 집을 가져본 적이 없을 만큼 내내 청빈한 삶을 살았다. 아버지 이원수와 어머니 신사임당, 그리고 외할머니로부터 물려받은 재산이 적지 않

있는데도, 늘 가족이 너무 많은 것이 문제였다. 그가 부양해야 할 식솔이 무려 쉰 명이 넘었으니 가뜩이나 청렴결백한 그의 곳간이 배겨낼 재간이란 없었다.

그는 높은 벼슬을 하는 동안에도 종종 가난하다는 말을 들먹였지만 항상 유쾌하고 긍정적이었다. 언제 어느 때나 온화한 얼굴과 재기 넘치는 유쾌함으로 되레 주위 사람들에게 위안이 되곤 했다. 가난에 찌든 어두운 구석이란 어디에서도 찾아보기 어려웠다.

율곡은 임종할 때까지 13일 동안 대사동(지금의 인사동)의 우사(지금의 관사)에서 병석에 있었다. 그동안 집안일은 일절 언급하지 않았다. 정신이 몽롱한 가운데서도 웅얼거리는 소리마다 모두 나랏일에 대한 걱정이었다.

어느 날 대사헌(종2품) 송강松江 정철이 문병을 오자, 그는 평생지기의 손을 덥석 잡았다. "술을 많이 마시지 말게. 그대는 술로 인해 실수가 잦으니 곧 술을 끊게나"라고 당부했다. 또한, 사람을 쓰는 데는 동인과 서인을 따로 편중하지 말 것을 거듭 당부했다.

숨을 거두기 이틀 전에는 유난히 매서운 정월의 칼바

람이 불어제쳤다. 거센 눈보라도 휘날렸다. 지붕 위의 기왓장이 금방이라도 날아갈 지경이었다.

한데도 방에 군불조차 지피지 못했다. 병중임에도 추위를 이기지 못해 이불을 뒤집어쓰고 앉아 오들오들 떨고 있었다.

그런 그가 어렵사리 입을 열었다. "어찌 이다지도 찬바람이 맹렬하느냐?" 그날따라 너무도 추었기 때문이리라.

곁에 앉아 있던 제자 이유경이 마지못해 입을 열었다. "놀라지 마십시오. 그저 우연일 뿐입니다. 따로 물으실 만한 것이 못 됩니다"라고 답할 수밖엔 없었다. 그 또한 "나는 죽고 사는 것에 동요하는 사람이 아니다. 그저 우연히 물었을 뿐이다"라면서 담담한 모습을 보였다.

이때 마침 임금의 특명을 받은 서익徐益이 순무어사巡撫御使로 관북 지방의 변경으로 떠나게 되었다. 임금은 그런 서익에게 이판 율곡을 찾아가 변방에 관한 일을 묻게 했다.

그의 자제들은 만류했다. 병세에 조금 차도가 있긴 하나, 몸을 수고롭게 해선 안 된다며 순무어사를 접응하지 말 것을 청했다.

그러나 율곡은 기어이 일어나 앉았다. 순무어사를 맞이하며 구두로 모두 여섯 가지에 달하는 방략(군사 전략)을 일일이 일러주면서 받아 적게 했다.

순무어사 서익이 돌아간 이후, 그는 갑자기 가쁜 숨을 몰아쉬었다. 아무래도 무리한 탓인지 병세가 급속도로 악화되었다.

장자莊子가 그랬던가. '좋은 나무가 먼저 죽는다'고.

율곡은 자신의 최후를 직감한 듯했다. 영명한 눈빛을 가진 선비였던 그는, "이제 목욕을 하게 해다오"라고 마지막으로 당부했다. 동서 당쟁의 광풍 속에 비로소 하늘의 뜻을 이해할 수 있게 된다는 지천명知天命에도 이르지 못한 향년 49세였다. 천재는 요절한다는 말이 있지만 그를 떠나보내기에는 너무도 아까운 나이였다.

이보다 하루 전날, 부인 노씨盧氏가 꿈을 꾸었다. 흑룡이 침방寢房으로부터 나와 하늘로 올라가는 것을 보았다. 그의 태몽에 흑룡이 나타났던 것처럼 죽음을 앞두고서도 다시금 흑룡이 나타난 것은 기이한 일이 아닐 수 없었다.

　물론 그의 와병 중에 임금이 보낸 어의의 발길이 끊이지 않았다. 그럼에도 끝내 운명했다는 비보가 전해지자, 선조는 그만 통곡했다. 수라상에 고기를 올리는 것을 일절 금했다. 사흘 동안이나 상참(아침 조회)을 철폐하도록 명하고, 예관을 상가에 보내어 조상하고 치제致祭했다. 연도沿道에 명하여 망자의 처자들을 정중히 호송하도록 했다.

　유자儒子는 죽음을 엄숙한 일로 여긴다. 마지막 죽음에 이르기까지의 때와 곳, 장지까지도 모두 중요시한다. 유자로서 올곧은 원칙의 완성을 기한다.

　한데 장지는 파주 향리의 율곡촌이 아니었다. 파주 동문리에 자리한 자운산 기슭으로 정해졌다. 임산배수臨山背水의 명당자리는 욕심의 산물이라고 말하듯 풍수지리학으로 볼 때 명당자리도 아니었다. 앞산의 단정한 맛이 없지 않으나, 명당의 요건을 갖췄다고 말하긴 어려워 보였다.

　더구나 그의 시신은 이미 다른 사람이 파묘해나간 자

리에다 매장했다. 인간의 위대함은 자기 자신의 보잘것 없음을 깨닫는 데 있다고 말하듯, 다른 이가 한 차례 이장하여 파내어간 자리에다 자신의 묘소를 그대로 썼다. 슬픈 가난으로 고통받는 백성들의 곁에 드러누워 영면에 들어갔다. 후학들이 그를 일컬어 '동방의 성인東方之聖人'이라고 존숭했으나, 허울 좋은 명분에만 근거한 이기론理氣論에 대한 맹신이 얼마나 허망한 것임을 스스로 실천해 보여주었다.

훗날 어느 이름 없는 지관地官은 그의 묘소가 자리 잡은 터를 일러 "무후향화지지無後香火之地"라고 했다. 자손이 없어도 사람들의 발길이 줄을 이어 훗날에도 제사가 끊이지 않는 터란 뜻이다.

율곡은 선비의 삶을 살았다. 자신을 채찍질해 흐트러짐이라곤 한 점도 없이 전 생애를 청렴하게 살아온 것처럼 죽는 순간까지도 한결같은 모습이었다. 대부분의 선비가 학자로 대성하거나, 관료로 업적을 남기거나, 그도 아니면 제자들을 길러내는 등 거의 한 가지 면에서 성취한 것에 비춰볼 때 그는 그 세 가지를 모두 일궈낸, 조선왕조에서 유일한 유종儒宗이었다.

그럼에도 이판 율곡이 죽었을 땐 남긴 재물이 거의 없었다.

그는 사생활에서조차 빈틈없는 청렴, 그 자체였다. '음식은 배를 채우기 위한 것이 아니라 상 위에 벌려놓고 뽐내기 위한 것이오, 옷가지는 몸을 가리기 위한 것이 아니라 화려함과 아름다움을 경쟁하기 위한 것이라서 한 상을 차리는 비용이 굶주리는 백성들의 몇 달치 양식이 될 정도이고, 옷 한 벌의 비용이 헐벗은 백성들 열 명의 옷을 장만할 수 있을 정도였던 시절'에도 그는 한사코 청렴했다. 밤에 침소에 들 적에도 관복을 입은 채였으며, 반드시 드러누워 그대로 잠을 잤다. 여자를 여럿 두는 일쯤은 얼마든지 가능한 신분이었음에도 늘 청렴하기만 했다.

그런 탓이기도 했겠지만, 자신이 부양하지 않으면 안 될 식구가 너무도 많아 평생 가난에 찌들어야 했다. 마지막 떠나는 길의 장례 비용은 친구들이 분담해야 했다. 남은 처자들이 살 집이 없어 제자들과 옛 친구들이 재물을 모아 작은 집을 마련해주어야 할 형편이었다. 그래도 남은 가족들은 살아갈 방도가 없을 만큼 뼛속 깊이 가난하였다.

그의 곁엔 변변한 제자조차 많지 않아 초라했다. 지천명에 이르기도 전인 한창의 나이에 이판으로 있다 그만 요절하고 말았기에, 제자들을 길러낼 시간조차 미처 가지지 못했다.

그의 상가에는 한거울의 냉기조차 쓸쓸하기만 했다. 비보를 전해 듣고 황망히 상가를 찾은 이마다 이런 청백리가 일찍이 또 있었던가 하고 어리둥절해할 뿐이었다.

그래서 그의 죽음은 더 비통했다. 상여가 나가는 날엔 거리마다 소리죽여 우는 소리가 신동했다. 임금의 친위병인 금군禁軍과 백성들이 마지막 떠나는 그를 모두 따라나섰다. 밤에도 햇불을 밝혀 수십 리 밖까지 불빛이 환하게 비쳤다. 보기 드문 마지막 풍경이 아닐 수 없었다. 백성을 위한 그의 신념이 결코 헛되지 않은 진심이었음을 알수 있게 하는 장면이었다.

돌이켜보면 율곡은 특별한 재능을 갖고 태어난 천재였다. 아직은 사십 대라서 미처 정승의 반열까진 오르지 못했어도, 일찍부터 이조판서를 시작으로 형판, 호판, 병판에 이어 다시금 이조판서에 이르는, 청직淸直의 생애를 꿋꿋이 살았다. 청직의 생애에서 일관되게 청렴했다. 맑고 깨끗하고 향기롭게 살았던 청렴을 넘어 백설같이 결백하기까지 한 생애였다. 자신의 가치와 신념을 지키기 위해 역사를 가까이서 바라보기보다는 멀리서 내다볼 줄 알았던, 오직 자신의 학문과 정치를 구현시켜 슬픈 가난으로 고통받는 백성들과 허물어져 내리는 왕조의 기왓장을 되살려내고자 하는 개혁을 외로이 이끌다 산화해간, '무엇이든 바꿀 수 있다'는 역량과 정신을 우리들의 유전자 속에 뚜렷이 확장한 짧은 생애였다.

율곡에게 묻고, 듣다

나 - 감히 여쭙겠습니다. 처음 배움에 임하는 사람은 무엇을 어떻게 해야 하는지 말씀해주십시오.

율곡 - 처음 배움에 임하는 사람은 먼저 뜻을 세워 큰 인물이 될 것을 스스로 결심해야 하오. 털끝만큼이라도 자신을 작게 여겨 물러서려 해선 아니 되오. 맹자가 사람을 가르칠 때 요 임금과 순 임금을 예로 들며 "사람은 모두가 그처럼 될 수 있다"라고 했으니 누군들 어찌 그처럼 되지 못한단 말인가.

나 - 큰 선비께서 사람은 본래 선하기에 지혜로움과 어리석음이 다르지 않다고 말씀하셨습니다. 한데 성인은 어찌 성인으로 태어나고, 평범한 사람은 무슨 이유로 평범하게 태어납니까?

율곡 - 사람의 용모는 추한 것을 곱게 할 수 없고, 체력이 약한 것을 강하게 할 수 없으며, 팔다리가 짧은 것을 길게 할 수는 없는 일이라오. 이미 정해진 일이라 고칠 수가 없질 않겠소. 그러나 마음과 뜻만은 어리석은 사람도 슬기롭게 고칠 수가 있으니 마음의 신령함은 그 무엇에도 구속되지 않기 때문이라오. 지혜보다 아름다운 것은 없으며, 현명함보다 더 귀한 것은 없다오. 무엇이 괴로워 현명함과 지혜로움을 따르지 않겠소. 어찌 하늘이 부여한 본성을 훼손하겠소. 사람이 이 뜻을 새겨 굳게 지키고 키운다면 세상의 모든 이치에 이를 것이오.

나 - 도학道學이라는 학문의 이름은 과연 어느 시대에 시작되었습니까?

율곡 - 송나라 때 시작되었다오. 도학은 본래 인륜에 속하는 것이었소. 따라서 인륜에 있어 그 도리를 극진하게 하면 이것이 곧 도학인 것이오. 다만 도학을 알지 못하면서 모르는 사이에 (도에) 합치하는 사람은 그것을 익히면서도 살피지 못하는 사람이라오. 대게 도를 알고 난 뒤에라야 신하가 되면 (임금에게) 충성을 다하고, 자식이 되면 (부모에게) 효도를 다하게 된다오. 만약 도를 알지 못한다면, 비록 일단의 충효가 있다 하더라도 어찌 행하는 것이 모두 도에 합치될 수 있다 하겠소.

나 - 우리 역사에서 도학은 어느 시대에 시자되었습니까?

율곡 - 전조前朝(고려왕조)의 말엽에 시작되었다오. 그러나 권근權近의「입학도설入學圖說」은 착오가 있는 것 같고, 정몽주를 이학理學의 조조라고 부르지만 내가 보기에는 그는 사직社稷을 편안하게 한 신하이지 유자儒子가 아니었소. 그러니 도학은 조광조趙光祖로부터 일어나기 시작하여, 퇴계에 이르러서는 비로소 유자의 모양이 이미 이루어진 것이라오. 그렇지만 퇴계는 성현의 언어를 높이어 실행한 사람 같고, 그가 스스로 발견한 곳이 보이지 않으오. 서경덕은 자신의 견해가 있었으나 한구석만을 보았을 따름이오.

나 - 사람은 누구나 같을 수 없습니다. 사람의 재주나 역량 또한 다르지 않다고 생각합니다. 더구나 세상 사람들은 큰 선비를 천재라 일컫고 있습니다. 천재에게도 벗이 있는지 궁금합니다.

율곡 - 허허, 있다마다요. 어찌 내게 벗이 없을 수 있겠소. 우정을 나눌 수 있었던 우계牛溪 성혼, 송강松江 정철, 구봉龜峯 송익필이 있었다오.

나 - 그들은 큰 선비께 어떤 벗이었는지 요령 있게 정리해주시길 부탁드립니다.

율곡 - 셋 모두 젊은 날부터 만난 평생지기였다오. 우계는 서로의 속마음을 아는 지음知音의 관계였으며, 송강은 같은 시대를 함께 보냈던 친구였고, 구봉은 평면의 세계를 넘어 입체의 세계마저 함께 공유할 수 있는 학문의 동반자였소. 다시 말해 성혼은 '늘 친구'였고, 정철은 '물과 기름처럼 다른 듯 같은 친구'였으며, 송익필은 전면에 드러나지 않은 '숨은 친구'였다오.

나 - 평생지기인 성혼의 얘기가 나왔으니 관련하여 여쭙습니다. 을해년乙亥年(선조 8년)에 왕조의 정치사에 큰 획을 긋는 일대 사건이 발생합니다. 신진 사림이 동인東人 정당을 만들고, 기존 사림이 서인西人 정당을 만드는 이른바 붕당정치가 시작되면서 두 분께선 정치적 시련에 맞닥뜨리게 됩니다. 동서 붕당에 관한 논의에서 우계와는 서로 부합하였습니까?

율곡 - 대체로 견해가 비슷하였소. 그러나 처음 한때의 시비是非는 나와 같지 않은 적도 없지 않았다오. 나는 동인을 그르다고 하고, 우계는 서인을 그르다고 하였소.

나 - 하면 평생지기 우계의 견해는 한때 어떠했는지 여쭙습니다.

율곡 - 우계의 의견으로는 (서인) 심의겸이 (동인) 김효원을 누른 것은 곧 사심私心이라고 했다오. 나의 생각으로는 윤원형과 같은 무리는 진실로 혐의를 피하여 그냥 지나쳐버릴 수가 없었소. 심의겸은 비록 청렴하고 단정한 무리는 아니라지만, 한 사람의 평범한 인간이니 그냥 내버려두고 따지지 않는 것이 옳다고 생각한 것이오. 한데 김효원은 이에 혐의를 덮어두지 않고 심의겸을 끊임없이 공격하여, 마침내는 사림의 불화와 국체의 손상을 초래하기에 이르고 말았으니 이것은 동인의 잘못이 아니겠느냐 한 것이오. 을해년에 나는 조정에 있으면서 말하기를 "처음에는 허물이 동인에 있었으나 작금에 들어선 허물이 서인에 있다"라고 했더니 여러 중신이 모두 내 말이 옳다고 했다오. 한데 작금에 이르러 "처음에는 동인에게 허물이 있다"라고 한 나의 말의 한 대목을 쏙 빼버린 채 말하지 아니한 것은 한탄스러운 일이오.

나 - 큰 선비께선 갑자년甲子年(명종 19년)에 출사한 이래 "아무리 지엄한 법률로 정하였다 하더라도 백성들을 위한 것이라면 일백 번이라도 바꿀 수 있다"라며 개혁을 홀로 외치셨습니다. 가히 목숨을 내놓은 채 조정에서 물러남과 나아감을 거듭하며 개혁을 외치셨는데, 큰 선비께서 꿈꾸신 개혁은 이뤄졌는지 여쭙습니다.

율곡 - 아니오. 내가 꿈꾸던 개혁은 끝내 이뤄지지 못했소. 불행하게도 미안에 그치지 말았다오.

나 - 안타까운 일이 아닐 수 없습니다. 당시 조정의 분위기가 어땠는지 궁금합니다.

율곡 - (날숨을 크게 내쉬며) 조정은 이미 동서로 갈라진 형색이 확정된 뒤였다오. 같고 다름으로 서로 좋아하고 배척하는 일이 생겼고, 말을 만들고 일을 만들어 서로 무리 지었으며, 관료들 가운데 논의를 주도하는 세력은 대부분 동인이었소. 더구나 그들의 소견 또한 치우침이 컸다오. 현명함과 어리석음, 재능의 유무 따윈 중요치 않았지. 단지 동과 소로 나누는데, 동인을 비난하면 힘써 억압하고, 서인을 배척하면 애써 끌어올려 주었소. 이것을 정론으로 삼았으며, 사류士流 가운데 이제 막 출사한 신예들은 출세의 길이 서인을 공격하는 데 있다고 여겨 싸움을 일으키기 일쑤였다오. 강한 쪽에 붙어 인재를 중상하고, 선비의 풍습을 무너뜨리고 있는 사태를 막을 수 없는 지경이었소. 인물을 평가하는 데 따른 도리가 옳고 그름에 있는 것이 아니라, 다만 동과 서로 분별할 따름이었던 거요.

나 - 그러함에도 큰 선비께선 옳고 그름을 떠나 끝내 동서 화합을 주장하셨습니다.

율곡 - 누대에 걸친 폐단으로 말미암아 왕조의 기왓장이 허물어져 내리고 있는 위기를 직시하며, 나라와 백성을 구하기 위한 개혁을 이뤄내기 위해서였소. 오직 그뿐이었을 따름이오.

나 – 그럼에도 꿈꾸던 개혁이 미완으로 그치고 만 건 큰 선비께서 너무 일찍(49세에) 요절했기 때문입니까? 또 다른 이유가 있다면 말씀해주십시오.

율곡 – 언제 어느 때나 환골탈태換骨奪胎하자는 개혁은 참으로 어려운 법이오. 무엇보다 개혁을 하자면 누군가는 희생되어야 하는데 그게 없었던 게 그만 미완에 그치고만 원인이 아닌가 생각하오.

나 – 세상은 날로 무너져 내리면서 매일같이 더 사악해져가고 있습니다. 어디에 뜻을 두고 살아가야 하는 것입니까?

율곡 – 『시경詩經』에서는 "온화하고 겸허한 사람이여, 오직 덕德의 기초로다"라고 했소. '약한 자라도 업신여기지 않으며, 강한 자라도 두려워하지 않는다'는 것이오.

나 - 하면 그 '덕'을 어떻게 실천해야 하는지도 덧붙여주셨으면 합니다. 감히 여쭙습니다.

율곡 - 진실로 사랑하는 마음은 마치 어느 산골에서 솟아난 샘물이 끊임없이 넘쳐 흘러내려 저 멀리 바다까지 이르는 것과 같아야 하오.

한민족의 정체성을 만든
인물들을 통해, 삶의 지혜와
미래의 길을 연다.

고대

배달 민족의 얼인 고대 동아시아 지배자

나는 치우천황 이다

대동 세상을 열려는
너희 본디 마음이 나 치우다

"나는 천산산맥 넘어 해 뜨는 밝은 곳을 향해 내려와
신시 배달국을 열었다. 너도 하느님 나도 하느님,
너도 왕이고 나도 왕이니 서로서로 섬기는 대동 세상 터를
닦고 넓혀왔다. 하여 뭇 생명이 즐겁고 이롭게 어우러지는
세상을 열려는 너희 본디 마음이 곧 나일지니."
-치우천황이 독자에게-

이경철 지음 | 값 14,800원

근세

지킬 것은 굳게 지킨 성인군자 보수의 표상

나는 퇴계 다

'완전한 인간'을 위한
자기 단련의 길이 나 퇴계다

"나는 책이 닳도록 수백 번을 읽었다. 그랬더니
글이 차츰 눈에 뜨였다. 주자도 반복해서 독서하라.
이르지 않았던가? 다른 사람이 한 번 읽어서 알면,
나는 열 번을 읽는다. 다른 사람이 열 번 읽어서
알게 된다면, 나는 천 번을 읽었다."
-퇴계가 독자에게-

박상하 지음 | 값 14,800원

근세

보수의 대지 위에 뿌린 올곧은 진보의 씨앗

나는 율곡 이다

바꾸자는 개혁의 길
너의 생각이 나 율곡이다

"나라는 거우 보존되고 있었으나, 슬픈 가난으로
시달리는 백성들은 온통 병이 깊어 숨이
넘어갈 지경이었다. 백척간두에 선 채 바람에
이리저리 위태롭게 흔들리고 있었다.
내가 개혁을 외치고 나선 이유다."
-율곡이 독자에게-

박상하 지음 | 값 14,800원

근세

현모양처의 대명사인 한 여성의 삶과 꿈

나는 사임당 이다

많이 알려졌어도 실제
내 삶을 아는 사람은 드물구나

"나만큼 많이 알려진 인물도 없다. 그러나 나만큼 제대로
알려지지 않은 인물도 없다. 율곡의 어머니, 겨레의
어머니, 현모양처의 모범과 교육의 어머니로 많이
알려졌어도 실제 내 삶이 어떠했는지 아는 사람은
거의 없다. 나는 내 삶을 바르게 살고 싶었을 뿐이다."
-사임당이 독자에게-

이순원 지음 | 값 14,800원

현대 모국어로 민족혼과 향토를 지켜낸 민족시인

나는 백석 이다

깊은 슬픔을 사랑하라

분단의 태풍 속에서 나는 망각의 시인이었다.
하지만 한국의 독자들은 다시 내 시에
영혼의 불을 지폈다.
나는 언제나 외롭고 높고 쓸쓸한 시인이다.
-백석이 독자에게-

이동순 지음 l 값 14,800원

현대 남북한과 동서양의 화합을 위해 헌신한 삶과 음악

나는 윤이상 이다

남북통일과 세계의 화합과
평화를 염원하며 작곡했다

"나는 남한과 북한, 동양과 서양, 고전과 현대의 경계에 서서
화합을 모색해 왔다. 우리 민족혼을 바탕으로 민주화와
통일을 갈망했고 세계가 전쟁과 핵 공포에서 벗어나
평화와 평등의 세상으로 나가기를 바랐다.
내 음악은 이 모든 염원의 표상이다"
-윤이상이 독자에게-

박선욱 지음 l 값 14,800원